藝術家的故事
04

拉斐爾

韓 秀 ◎著

寫在前面

二〇一七年十一月九日，曼哈頓滴水成冰。大都會博物館卻是人潮滾滾，這一天，來自世界各地的會員們可以參觀「神的最愛」米開朗基羅（Michelangelo）特展的預展。走向特展大廳的門口，接待人員安娜看到我便笑著迎了上來，我卻被遠處一個修長的絳紫色身影所吸引，匆匆謝了安娜便向前移動，走向那個婀娜的身影，她正面對著自己的畫像，臉上的表情有些錯愕、有些興奮、又有些害羞。她是這樣的美麗啊，我在心裡讚道。「這真的是我啊，沒有想到，會在這裡看到自己的肖像……」她喃喃自語。「你是米開朗基羅生命中唯一的女性摯友，這樣的一個特展，你是不能缺席的。」我在她耳邊小聲說，昏暗的燈光下，我看到了她臉上的紅暈。聰明的柯隆娜（Colonna）低下頭，眼睛的餘光看到我胸前一個銀光閃閃的頭像，便問道，「他是誰？」我微笑，「祂是太陽神阿波羅。」柯隆娜也笑了，「祂應當也在這裡吧？」

我挽著柯隆娜，帶她避開人群，來到《最後的審判》面前，這件使用高科技複製的作品實在是太清晰、太華麗、太精采了。柯隆娜睜大眼睛瞪視著，瞬間，眼睛裡溢滿了淚水。這是她第一次看到作品完成後的

樣貌，將近五百年前，她看到的是部分的草圖。審判者的體態面容都接
近太陽神，審判者身側的聖母卻有著柯隆娜的面容與身形。柯隆娜看到
了，淚水冉冉而下。我靜靜地站在她身邊，給她時間緩緩地平靜下來。
她望向我，眼睛裡的千言萬語讓我一時不知如何應對，便挽著她來到了
一座雕像之前，說明語這樣寫，「大衛抑或阿波羅？」我同柯隆娜相視
而笑，「當然是太陽神，那一根通天鼻屬於希臘……」

　　「這裡的光線怎麼這樣昏暗？」一個似乎是傷了風的聲音裡有著
不耐煩，柯隆娜笑了。我知道，不會有別人，那是米開朗基羅來到了我
們附近。「毫無疑問，大都會博物館為了保護閣下的筆跡，而特別採取
了這樣的燈光設計。畢竟是五百年前的舊物，很嬌貴的。」聲音裡有著
一絲笑謔，黑色貝雷帽下面的一雙眼睛滿溢著笑意，俏皮地又補上了一
句，「歡迎來到年輕的曼哈頓！」竟然是拉斐爾（Raphael）正緩緩走向
米開朗基羅。柯隆娜迎了上去，拉斐爾見到她，恭謹地行禮問好。米開
朗基羅看到了柯隆娜，關切的眼神停留在柯隆娜的淚痕上，露出了一絲
侷促不安。柯隆娜回報以溫暖的微笑，他這才釋懷，打量著四周的展覽
品。

　　不消一時三刻，米開朗基羅看清楚了牆上懸掛的草圖，叫了起來，
「李奧納多（Lionardo Buonarroti）！這小子，他躲到哪裡去了？這些
不成形的東西應該早就被我燒掉了，怎麼會在這裡？一定是他動了手

腳⋯⋯」。一襲灰色長衣的阿瑪杜利（Amadori）適時出現，他先向拉斐爾鞠躬致意，然後靜靜回答道，「您的姪兒看到這一百二十八幅素描在此地展出，大驚失色，早已逃之夭夭了⋯⋯」。年輕的面容同穩健的話語形成那樣強烈的對比，我忍不住微笑起來，那一廂的三位男士也都笑了起來。拉斐爾輕聲慢語，「講老實話，我真是受益不淺。最近一個月，展覽緊鑼密鼓的準備中，從開箱到懸掛，我一直在這裡仔細研究。如果，我能夠早一點看到您的這些作品，我的畫很可能會進入一個更有意思的境界，很可惜，我最近才看到您的這些研究成果⋯⋯」。米開朗基羅睜大眼睛，仔細審視著拉斐爾，看到拉斐爾的眼神是如此的澄澈，這才放下心來，臉上浮起淡淡的微笑。

　　「這裡，正是無人企及的輝煌⋯⋯」拉斐爾走向前去，西斯汀禮拜堂穹頂畫《創世紀》複製品懸掛在大廳天花板下，燈光從天花板上將畫面照亮，精細無比地展示出米開朗基羅的筆觸。觀眾們屏住氣息，用智慧型手機、用相機留下這令人震撼的一刻。拉斐爾、柯隆娜、阿瑪杜利抬頭仰望著這幅作品，臉上的表情各異，激動的程度各異，身形卻都是凝然不動的。一側，木製腳手架聳立著，米開朗基羅一個人站在那裡，撫摸著呈幾何形狀銜接的木條，玄色長衣下面的脊背頓時扭曲起來，整個人彎成弓狀。我大步趕過去，扶住他，跟他說，「這個架子恐怕使不得⋯⋯」。聽到這句話，他鬆弛下來，從記憶深處被喚起的悚慄逐漸遠

去了。他笑道，「確實是太細弱了一點，同我當年使用的鷹架大不相同。那時候的東西粗獷得多，也結實得多……」。「那時候，據說是個很了不得的時候，人們叫它『文藝復興』，我也是不久前才學到這個新名詞。」拉斐爾走到我們這裡，笑著說。「文藝復興？甚麼意思？」米開朗基羅的表情像個孩子。「大體上是這個樣子，花了好幾百年時間，很多人參加，加上達文西（Leonardo da Vinci）、加上您、再加上我，就是文藝復興了。」眾人撫掌大笑，樂不可支。

不遠處，身著華服的卡瓦萊瑞（Tommaso de Cavalieri）正處在一個尷尬的境地，他明知不該盯著妙齡女郎看個不停但就是沒法子移動視線；只見她穿著極短的深色裙子，一雙長筒皮靴高過膝蓋，短裙與長靴之間是兩段瓷白的肌膚，在光線幽暗的室內格外迷人。米開朗基羅笑著招呼道，「走了，我還得去找一塊石頭……」。卡瓦萊瑞一臉的意猶未盡，喃喃道，「真是妙不可言……」。大家又笑了，揮手道別。四個人的身影飄出了展廳大門，還聽得到卡瓦萊瑞意亂神迷的絮叨，「……曼哈頓的服裝設計真是不同凡響……」

「您怎樣？我送您回文藝復興廳？我喜歡您那幅《聖母與聖子在王座上接受聖賢之尊崇》，非常的甜美、柔韌、寧靜」。我很誠摯地說。

「這一幅並非我最好的，我自己不是很滿意。正如你說，是柔韌，而不是柔軟，我本來希望可以更柔軟一些……」。拉斐爾陷入沉思，娓

娓說明當年創作這幅作品時的種種設想……。

「這次特展中那一幅『米開朗基羅十二、三歲時的作品』曾被誤認為是您的習作……」

「幸好畢加索（Picasso）力排眾議否定了這個謬說，我那時年少，還在爾比諾（Urbino），根本還沒有來到佛羅倫薩（Florence）。更不用說，我從來沒有進入過吉蘭達約（Domenico Ghirlandaio）畫坊學畫。這件作品在四百多年裡不是一直被認為是吉蘭達約畫坊的產品嗎？」

頓了一頓，拉斐爾的表情更加複雜，有著一些無奈，「事實上，除了我父親的畫坊，我沒有進入任何畫家的畫坊有系統地學習過，更沒有拜師學藝……。用現代語文來說，我不是科班出身。」

我呆在原地不動，腦袋裡轟然作響，這麼多藝術史家津津樂道著拉斐爾師承佩魯吉諾（Perugino）之種種，甚至還有人說，拉斐爾還曾經跟品杜利基奧（Pinturicchio）學過繪畫。聰慧無比的拉斐爾看懂了我的震驚，心平氣和地跟我說，「我從來沒有跟他們簽過師徒之約，也沒有跟任何別人簽過類似之約。」換句話說，瓦薩里（Vasari）繪聲繪影的「拉斐爾的學徒生涯」根本是子虛烏有！這麼多人琢磨了五百年的事情就這麼一風吹了。

我實在忍不住，著急地跟拉斐爾說，「您知道嗎？為了您，米開朗基羅在西斯汀禮拜堂畫《最後的審判》，還砌了一道有些傾斜的

牆⋯⋯」

拉斐爾凝神望著我，「牆壁前傾，不易堆積灰塵，對溼壁畫的長久保存有益⋯⋯」

我搖頭，「不是為了灰塵，是為了保護牆壁上原有的那幅佩魯吉諾的作品，因為米開朗基羅同很多人一樣以為佩魯吉諾是您的老師⋯⋯」

拉斐爾的眼神矇矓，「為了我，不僅砌牆，甚至剷掉了穹頂畫的一個部分。這份情義實在是太厚重了啊⋯⋯」他轉身望向米開朗基羅離去的方向，良久才轉過身來繼續前行。

此時，我們已經站定在拉斐爾的作品前，看到我眼睛裡殘存的無數問號，拉斐爾微微笑著，將話題轉了回去，「我們面前的這一幅連同小幅的基座畫《園中悲痛》確實是我的習作，無論好歹。至於你剛才提到的那個新發現嘛，就不好說了，瓦薩里的記敘並非全然可靠，米開朗基羅的老朋友葛拉納奇（Francesco Granacci）更是調皮⋯⋯」

與拉斐爾依依告別，我滿懷心事走向博物館出口，與安娜撞個正著。此時，我們正站在米開朗基羅特展門前。我拉住她，跟她說，「特展中朱利阿斯二世（Pope Julius II）陵寢圖說中的年代是一五四五年」。她緊張道，「有甚麼不對嗎？」

「陵寢落成是一五四五年，那時候陵寢雕塑群裡米開朗基羅的作品只有摩西坐像，萊契爾（Rachel）同蕾亞（Leah）這兩座雕像卻是

《聖母與聖子在王座上接受聖賢之尊崇》
Madonna and Child Enthroned with Saints，1504

遊走於爾比諾與佛羅倫薩之間，早已被稱為大師的青年拉斐爾接受邀約，為藝術品集散地佩魯賈（Perugia）創作了祭壇畫《聖母與聖子在王座上接受聖賢之尊崇》這幅作品，用以表現聖子的早慧。這幅作品在十七世紀流入科隆納（Colonna），因此曾經被稱為科隆納祭壇畫。一九一六年美國銀行家摩根（J.P. Morgan）家族將這幅作品捐贈給紐約大都會博物館後，作品恢復了舊稱《聖母與聖子在王座上接受聖賢之尊崇》。

一五五五年放置上去的……」

「天吶，我們怎麼會沒有想到呢？怎麼會？」安娜滿臉驚恐，雙手搗住兩頰，眼睛裡滿是沮喪。

右手邊，不遠處，一抹腥紅吸引了我的視線，那是拉斐爾的披風。他站在文藝復興廳一側，關切地望向我們這邊。我向他點頭致意，滿心感激。他微笑，貝雷帽下藍灰色的眼睛裡，滿溢著期待。

《園中悲痛》
The Agony in the Garden，1504

作品基座上還有另外一幅小畫《園中悲痛》，深情描摹耶穌預見到大難臨頭，在園中痛苦地禱告。這個題材曾經是文藝復興時期許多藝術家都繪製過的，各有千秋。畫幅上方急急而來的天使是拉斐爾的神來之筆。這幅作品在一九三二年也成為紐約大都會博物館的典藏。

1

在義大利的東北部，距離亞得里亞海只有二十英里的地方，一個非常美麗宛如黃色鑽石的小公國，叫做爾比諾，高高地依偎在亞平寧山脈的皺褶裡，依山傍水，風景如畫，整個城池的面積只有八十八平方英里。自西元十三世紀起始，非常擅長於理財的蒙特費爾特羅家族（the Montefeltro）受封為這個地方的領主。

到了十五世紀，爾比諾的統治者是費德里科三世・達・蒙特費爾特羅（Federico III da Montefeltro KG），他雖然出身於小心謹慎的蒙特費爾特羅家族，卻是一位曠世英才。從一四四四年到一四八二年，他統治了爾比諾整整三十八年，周旋於強勢的諸侯們之間，盡一切可能使用和平的手段來保護他的臣民。但若是遭遇挑釁，他也絕不手軟，他曾經遠征

義大利南部的那不勒斯（Naples），也曾與米蘭（Milan）交手，他更擊退了近鄰佛羅倫薩的蓄意入侵，甚至，他也同羅馬教廷開戰。無他，任何會給他的國土和百姓帶來災禍的事情都是不能容忍的。他成功地禦敵於國門之外，從來沒有打過敗仗，讓其他的諸侯都感覺非常的驚異。其實，說穿了非常之簡單，費德里科是一位明君，他的朝廷有足夠的財富，因此絕不要求百姓納稅，反而是用各種辦法來鼓勵生產、鼓勵貿易。早上，他輕裝便服隻身走在大街小巷，同民眾一道談論生活中的種種大事小情，一一記在心上。下午，他用拉丁文及時處理各種事情：商人負債無法周轉，他下令減免。孤女出嫁，他慷慨解囊置辦嫁妝。有人落入貧窮，他指示朝廷予以充分救濟。豐收之年，他廣設倉庫妥善存糧；歉收之年，以低價將存糧出售。如此這般，費德里科深受民眾愛戴，遇到戰事，真正一呼百諾，民眾個個奮勇爭先，哪有不大獲全勝的道理？

費德里科並非無師自通，他在很年輕的時候就成為人文

主義思想家維托利諾‧達‧費爾特雷（Vittorino da Feltre）的學生。費爾特雷是義大利東北部的一個山地小城，其所屬的行政區域之首府便是威尼斯（Venice），一個思想文化極為前進的尊貴之都。文藝復興漸入佳境之時，身為教師的維托利諾大力鼓吹仁慈、博愛，主張對人的尊重、對思想自由的呵護。他進一步主張人類和平相處減少摩擦與爭端。毫無疑問，費德里科讓他的老師感覺非常自豪，這位傑出的學生身體力行，一步步實踐著老師的理想。

　　一四七四年，羅馬教廷將費德里科封為公爵。英王亨利七世（Henry VII）封他為嘉德騎士（Knight of the Garter），武士的最高勳位，這便是他的姓名中KG的由來。

　　地靈人傑的爾比諾啊，在一四六八年出現了一座美輪美奐的宮殿。費德里科為他的五百位政府官員修建了這座宮殿。這不是一座用來抵禦外敵的堡壘，而是爾比諾公國的行政中心，更是文學與藝術的典藏中心。偉大的建築藝術家洛拉納（Luciano Laurana）為這座雄偉、內斂的宮殿所做出的

設計與裝飾，讓義大利許多權貴羨慕不已，佛羅倫薩統治者羅倫佐（Lorenzo de Medici）甚至派藝術家到爾比諾來臨摹。羅倫佐在看到這些摹本的時候，讚嘆出聲，「這個費德里科不單單能征善戰治國有方，蓋個宮殿也是有模有樣很不一般。」羅倫佐可不是普通的貴族，他是大收藏家，他的鑑賞力非同凡響。他看出了費德里科這座宮殿與美麗山城爾比諾非常的般配，非常的和諧，真正是相得益彰啊。

對於無數的讚揚，費德里科無動於衷，他忙得很，在這個四層樓高的建築裡，在那些優雅的拱門後面，在那些精美的突廊塔裡存放著價值連城的藝術品以及手工書籍。費德里科長年雇用三十位抄寫員在牛皮紙上謄寫希臘和拉丁典籍。他認為亞里斯多德（Aristotle）的理性思維更勝於柏拉圖（Plato）的「理型世界」。費德里科不但熱愛哲學，也非常重視倫理學、政治學、物理學；但他最重視的是歷史，他認為歷史給他機會觀察人類的行為，而不是從理論裡摸索。費德里科熱愛古典，但他同時堅定地保持對基督的信仰，堅

信良善必將戰勝邪惡，因此他的藏書中有大量的早期宗教遺著、中古文學與古典作品。因為費德里科的博學，導致爾比諾成為梵蒂岡（Vatican City）以外，第二個擁有最多典籍的城池。這些典籍用手工書寫、附有縮圖說明、用腥紅色皮革做封面，裝禎以銀鉤，每一件都是超凡入聖的藝術品。

在這座宮殿內院美麗的拱廊下，費德里科同許多的藝術家、詩人、學者見面暢談，這些來訪者也都非常珍惜公爵同他們的友誼。義大利文藝復興時期最著名的一本書《朝臣》*The Book of the Courtier*的作者是外交家卡斯底里歐尼（Castiglione）。在這本極為優雅的書中，卡斯底里歐尼記敘了宮廷中有識之士有關哲學、藝術、文學睿智的談話。相當真實地記錄了十六世紀初葉爾比諾宮廷的諸般美好。而這一切，正是以費德里科三世所興建的宮殿為背景的。而那些睿智、機趣的優雅對話也正是在這座宮殿的庭院中心發生的。雖然這本書的出版比較晚，但我們仍然能夠從這本書裡看到費德里科時代的輝煌。

　　說到《朝臣》這本書的出版，我們還要提到我們已經認識的柯隆娜，一五二八年，柯隆娜還不認識米開朗基羅。她是一位交遊廣闊的貴族婦女，又是一位品味很高的詩人。卡斯底里歐尼寫完了《朝臣》，進行了初步的修訂和潤飾之後，便很高興地拿給老朋友柯隆娜欣賞，很謙虛地徵求她的意見與建議。柯隆娜看過之後，非常歡喜，竟然熱情地轉給另一位朋友欣賞。沒有想到，這個人竟然雇請數位謄寫人員不分日夜地抄寫起來。消息不脛而走，卡斯底里歐尼大驚之下，來不及再逐字逐句推敲、細細完善自己的著作，馬上付梓。這位作家在第二年辭世，如果不是有這樣一段插曲，他很可能看不到自己的心血結晶問世。當然，無論是卡斯底里歐尼還是柯隆娜都沒有想到，數百年間，人們研究文藝復興時期的社會與文化，《朝臣》是文字紀錄的首選，這本書的影子也出現在莎士比亞的戲劇裡。

　　在費德里科公爵的朋友們當中，有許多知名與不知名的畫家、詩人。其中有一位畫家兼詩人，他是一位畫坊主人，

《卡斯底里歐尼肖像》
Baldassarre Castiglione，1514-1515

後世藝術家們無論是否喜愛拉斐爾的畫風與技巧，全都異口同聲讚美如今珍藏於羅浮宮的這一幅肖像—拉斐爾極其罕見的在畫布上創作的油畫作品—公認這是文藝復興巔峰期男子個人肖像的極致。最先看到的是提香（Titian），這位威尼斯畫派的大將馬上吸收這幅作品的精華，並且注入到自己的作品中。一六三九年，這幅作品在轉賣途中到了阿姆斯特丹，林布蘭特（Rembrandt）見到了，在第二年完成的自畫像中運用了他從這幅肖像中所被點燃的激情。塞尚（Cézanne）曾經出聲讚美這幅作品所展現的和諧在他的內心引發的共鳴。馬諦斯（Matisse），自認從這幅作品中，受益無窮，予以臨摹。然而，於拉斐爾而言，這幅作品只是他與卡斯底里歐尼友誼的結晶。

這家畫坊生意興隆，又常常受雇於爾比諾朝廷，因此他常在宮廷走動，參與許多的宮廷活動，交遊廣闊，受人尊敬。他的名字叫做喬萬尼・桑偍（Giovanni Santi）。喬萬尼不僅是一位基本功非常扎實的畫家，而且非常的智慧，他熟悉宮廷禮儀，讀書好學，能夠非常得體地參與任何形式與內容的宮廷對話。他也懂得經營之道，因此他的畫坊總是營運自如、氣象萬千。喬萬尼不放過任何向知名畫家學習的機會，從佩魯賈來的繪畫大師佩魯吉諾引起喬萬尼的注意。佩魯吉諾出身貧苦，勇於奮鬥，自強不息。更重要的是他的繪畫技巧純熟，無論溼壁畫（fresco）還是油畫，他都得心應手。喬萬尼不動聲色地與佩魯吉諾保持著良好的朋友關係，不只是為自己，更重要的是為他唯一的兒子拉斐爾的將來著想。

　　費德里科公爵去世一年之後，一四八三年四月六日，喬萬尼的妻子瑪姬婭・恰爾拉（Màgia Ciarla）誕下一子，取名 Raffaello Sanzio da Urbino，就是我們已經知道的拉斐爾。

　　孩子非常漂亮，笑口常開。因為吸食母乳的緣故，與美

麗的母親形影不離，感情非常深厚。學步的同時，母親便教孩子認字、計數；父親便帶孩子到畫坊去。幼年的拉斐爾對色彩表現出濃厚的興趣，讓喬萬尼大為欣慰。

何止是色彩，拉斐爾對顏料的磨製、調配，對溼壁畫所需灰漿的調製，對畫筆的製作、畫板的拼接都極感興趣，甚至，當匠人把一支繪圖的炭筆削尖，拉斐爾也看得津津有味。除了學習讀書寫字以外，拉斐爾最喜歡的課外活動是畫圖，圓是圓、方是方，線條的勾勒自然圓融。如此無師自通，讓喬萬尼心情非常複雜，如此早慧，沒有良師教導，豈不大糟？於是喬萬尼親自來到佩魯賈，尋找合適的機會同佩魯吉諾商量讓拉斐爾「入學」的事宜。拉斐爾才六歲，就要入學研習繪畫技藝了嗎？佩魯吉諾欣然同意接受老友的兒子入學，同時也表現出他的驚異，高高地揚起了眉毛。萬般無奈，喬萬尼拿出了兒子的「塗鴉」，一張風景畫，感覺得到麗日清風的優雅，佩魯吉諾看得目瞪口呆……。

返回爾比諾，喬萬尼告訴妻子可以送小拉斐爾入學的事

情，瑪姬婭當場淚流滿面，抱住兒子不肯放手。拉斐爾不明所以，但是不知為何母親傷心，他也悲從中來，緊緊抱住母親，哭了起來。看著這個悽慘的場面，喬萬尼只好讓步。

未曾想到，母親竟然生病了，頭天還同小拉斐爾有說有笑，忽然孩子被告知母親染疾，而且禁止他進入母親的房間。拉斐爾剛剛七歲，喬萬尼將他交給畫坊的匠人照顧，自己回家看護病重的妻子。近傍晚時分，身心俱疲的喬萬尼走出妻子臥病的房間，看到小拉斐爾正站在一張木凳上，在院落裡一面牆壁上勾勒聖母的側面頭像，他正細心地精緻描繪聖母的髮飾。祂懷裡抱著的聖子緊緊地依偎著母親，其輪廓已經在牆壁上浮現……。喬萬尼幾乎崩潰，他走向專心畫畫的兒子，將兒子擁在懷裡，這才發現，孩子的臉上都是淚水。喬萬尼震驚得說不出話來，他不知道這個幼小的孩子的自制力來自何處。父子倆人默默地在那裡相擁流淚，直到暮色降臨。

母親逝去了。拉斐爾幾乎成天在父親的畫坊裡無言地幫

忙。

　　父親畫坊中的畫家埃萬傑利斯塔（Evangelista da Pian di Meleto）心地善良，看到失去母親的拉斐爾默默地在畫坊認真工作，就出手幫忙，適時指點小拉斐爾一二。拉斐爾不但學得快，而且做得更好，讓埃萬傑利斯塔心悅誠服。每當客戶讚美作品色彩富麗堂皇，埃萬傑利斯塔會不失時機地說，這是拉斐爾的設計；客戶讚美畫面布局優雅，埃萬傑利斯塔

《聖母爲聖子閱讀》

Reading Madonna with Child，1498

一四九○年，母親病重，七歲的拉斐爾開始在自家牆壁上繪製聖母聖子像。母親去世後三年，十歲的拉斐爾完成了牆壁上的作品。少年在這幾年中用他的第一幅壁畫來表達他對母親的愛，對母親的懷念，無言地宣洩他內心無盡的悲痛。

這幅作品是拉斐爾在十五歲的時候完成的，至今存放在爾比諾桑偍大宅。藝術史家相信，這正是拉斐爾七歲至十歲期間在自家牆壁上繪製的壁畫之最終完成。

母親瑪姬婭讀書給孩子聽的經驗銘刻在心，因此，作品中聖經架上的《聖經》是攤開著的，拉斐爾以這幅作品感激信仰給他的力量，感激母親給他的一切。

會誠懇告知，那是拉斐爾的手筆。於是小拉斐爾才華橫溢很快便家喻戶曉。

聖誕夜到了，拉斐爾同父親一道到教堂望彌撒，唱詩班歌聲響起的時候，拉斐爾再也止不住內心悲傷的浪潮湧動，無聲地哭了起來。他緊緊咬住下脣不讓自己放出悲聲，但還是禁不住肩膀的抽動。父親看到了，心痛不已，這樣子下去恐怕不行，家裡沒有女人，孩子在衣食方面得不到好的照顧，實在不是辦法。

拉斐爾在此時此刻卻聞到了一絲幽香，是母親頭髮上慣有的甜美香味，喜出望外，抬起頭來，正好面對教堂彩窗上的聖母。淚眼模糊之中，母親的面容浮現，與聖母的面容重合。母親溫柔地微笑著，望著自己。他聽到了母親輕柔的語聲，「孩子，不要難過，我會永遠地守護著你。」

拉斐爾一動不動睜大眼睛望著彩窗上的母親，生怕母親在瞬間消失。終於，他慢慢地放下心來，止住了淚水，露出笑容。

　　喬萬尼看到兒子望著彩窗上的聖母微笑，心下一寬，喃喃出聲，「感謝神。」

　　拉斐爾聽到了，緩緩地、不動聲色地將他與母親與聖母相逢的祕密謹慎地藏進心底，很篤定地出聲，「阿門。」

　　本來喬萬尼準備將拉斐爾送回家，再到爾比諾宮去參加聖誕夜慶典，看到孩子表情平靜、祥和便改了主意，直接帶著小拉斐爾驅車來到宮廷裡。此時的爾比諾公爵是費德里科三世的兒子圭多巴爾杜公爵（Guidobaldo da Montefeltro KG），他效法父親，勵精圖治，卻在南征北戰中負傷患病，留下了終身的殘疾。

　　大門開處，眼前一片輝煌。宮廷侍從唱名，「桑緹父子到」。喬萬尼有意讓兒子走在前面，當身著黑色喪服的拉斐爾出現在盛裝華服的賓客面前的時候，人們停止了談話，紛紛轉身望向這個楚楚動人的孩子。他把帽子拿在手裡，蒼白的臉色上浮著得體的拘謹，腳步沉著地走向前來。這麼俊美、這麼溫文儒雅、這麼才華橫溢，這麼落落大方，卻又這

麼惹人心疼。公爵夫人忍不住內心激動準備撲向前去，擁住這個可人兒。公爵伸手阻止了她，自己緩緩向拉斐爾的方向移動。拉斐爾急忙搶上一步，中規中矩向公爵行禮問好。所有的賓客都露出了歡喜讚嘆的表情。

公爵親切地對拉斐爾說，「宮中珍藏的典籍，你可以隨意翻閱。宮中珍藏的藝術品，你可以隨意瀏覽、臨摹。這裡的大門隨時為你開啟，隨時歡迎你的到來。」

對於如此珍奇的禮遇，拉斐爾躬身道謝。當他站直身軀的時候，他知道，這是他的成人禮。童年與少年時代已經在瞬間結束。他將走進一個突飛猛進的歲月。

此時的拉斐爾尚不足八周歲。

2

　　不久之後，喬萬尼迎娶了貝爾納蒂娜（Bernardina di Parte）。面對家中有了繼母這樣一個變化，拉斐爾展現了他出眾的機智與禮貌。他與繼母彬彬有禮地保持著距離，絕不給繼母私下交談的機會，省去了許多的口舌。他在家裡停留的時間很少，一早，離開了家中的早餐桌便同父親一道來到畫坊工作。中午，同畫家們一起吃了午餐之後便來到爾比諾宮廷，讀書、看畫、或是臨摹，然後回家吃晚飯。有時候，正忙得興起，宮廷侍從會為他準備晚餐，並且差人給桑促家送信，請家人放心，「拉斐爾已經吃過晚飯，正在宮中讀書」。晚間，宮廷侍從親自送拉斐爾回家，直到他進了家門才回宮。

　　如此這般，拉斐爾絕對是個「讓人放心的孩子」，貝爾

納蒂娜沒有話說。更何況，公爵如此善待這個孩子，也讓貝爾納蒂娜在鄰里之間很受尊敬，她有時候還會告訴人們在早餐桌上聽來的新聞，拉斐爾讀到了甚麼樣的典籍，遇到了哪裡來的大畫家，臨摹了甚麼大師的作品。當然，加上了許多她自己的想像。

喬萬尼希望送拉斐爾去佩魯賈學藝的計畫也一直沒有付諸實施，一方面是自己剛剛續絃，馬上把兒子送出門，會遭人詬病。再說，拉斐爾成了宮廷的嬌客，天賜的機緣隨時可能降臨。於是，出門學藝的事情就這麼延誤下來。喬萬尼沒有想到的是，拉斐爾已經到了沒有太多人能夠教他的地步，他正不露痕跡地向高峰攀登。

拉斐爾早已聽說過弗朗西斯卡（Piero della Francesca）的大名，知道他的作品精細無比，只是無緣相見。這天，拉斐爾正一個人在宮廷裡的圖書室讀書，圭多巴爾杜公爵路過看到，就招呼他跟自己去看一些「有趣的畫作」，權做「課間休息」。拉斐爾欣然應命，高高興興地跟上走了。這裡是一

間珍品室，許多小畫並非懸掛在牆壁上，而是平放在玻璃櫃裡。公爵告訴拉斐爾，他很喜歡弗朗西斯卡的作品，「可惜這位老人失明了，要不然，他會畫出多少偉大的作品。」一邊說著，一邊取出一件手掌大的小畫放在桌上，順手遞給拉斐爾一面放大鏡，要拉斐爾透過放大鏡仔細觀察，「你看，畫面上，示巴女王（Queen of Sheba）時代的仕女們，容貌多麼秀麗；你再看她們的服飾，被描摹得多麼精細。」公爵興致勃勃。

極小的畫面上，粗粗計算竟有十多個人物，拉斐爾輕輕移動放大鏡，在心底裡糾正公爵的用語，「不是精細，是精準，是一絲不苟，而且還有極為準確的透視，近大遠小的比例驚人的準確。」一時之間，竟然是無法全部吸收。他從畫面上抬起頭來，很誠懇地對公爵說，「我知道這樣的畫作非常的珍貴，不知道殿下是否允許我臨摹？」公爵很高興，「親愛的拉斐爾，如果臨摹這件作品對你有幫助，我當然要提供方便。」他轉身囑咐侍從取一枚有架子的放大鏡給拉斐

爾，方便他「畫圖」，然後樂呵呵地離開，去處理他的軍國大事。

　　小拉斐爾小心翼翼地透過這面橢圓形的放大鏡仔細觀察，右手則在素描簿上臨摹。這面放大鏡懸在畫面上方，極其清晰地將弗朗西斯卡的構圖展現出來。拉斐爾驚奇地睜大眼睛，出聲讚道，「這是數學呀！」

　　「嚴格地說，這是幾何學。」拉斐爾抬起頭來，舅舅西蒙‧恰爾拉（Simone Ciarla）正站在自己對面，很親切地望著自己。舅舅西蒙是一位成功的商人，一直是家裡的常客，直到繼母進門。但他仍然常常出現在桑提畫坊，也常來宮廷走動。這時候，他跟拉斐爾娓娓道來，「弗朗西斯卡是遺腹子，從母姓，母親給了他啟蒙教育，他一生感激母親的培養。小時候曾經立志數學，十多歲才專攻繪畫，但是數學尤其是幾何學已經是他繪畫的一部分⋯⋯」話說到一半，舅舅停了下來，因為他無意中看到了拉斐爾信手在素描簿中留下的筆觸，吃驚得呆住了，完全忘記了自己正在談到的話題。

聽到弗朗西斯卡的身世，拉斐爾同情之心大起，每個字都聽了進去。舅舅特別告訴拉斐爾，弗朗西斯卡對歐幾里得（Euclid）有很深入的研究。緊跟著，舅舅便帶著拉斐爾走進圖書室，指點他應當研習的書籍，自此，拉斐爾與立體幾何結緣。

這一天晚飯後，宮廷侍從在另外一間珍品室點燃了明燭，拉斐爾面對著一隻彩繪玻璃瓶，仔細研究那些天衣無縫的曲線旋轉的角度。此時的他已經了解幾何學對弗朗西斯卡的影響，此時的他同數小時之前已經完全不同，從這隻玻璃瓶上，他得到了真正的學習。深夜，他離開珍品室的時候，在心底裡對前輩藝術家弗朗西斯卡表達了最誠摯的禮敬，「感謝您，要不了多久，我一定會用作品來表達我對您的尊敬。」

這一天深夜，返回家中，拉斐爾在桌上攤開《幾何原本》，此時的他從這本書得到了完全不同以往的啟發。繪畫的天地正在向無窮盡的遠方延伸，他認真讀書，直到天明。

　　另外一位帶給拉斐爾很多啟發的畫家是馬薩契奧（Masaccio），他不但崇尚自然，畫面上的人物自然逼真，而且在透視法的運用中引入了滅點（平行線的延伸終結於一個點，是為滅點），讓拉斐爾頗為著迷。

　　還有一位，就是路卡・希諾瑞利（Luca Signorelli），那樣複雜的畫面、眾多的人物、人物面部表情之多變都讓拉斐爾心跳加速……。

　　舅舅西蒙從旁觀察，感覺得到拉斐爾海納百川的自學方式正在帶給這個孩子無可限量的飛速進步。他去看望喬萬尼，喬萬尼的健康狀況欠佳，但對於自己的這個孩子，卻是非常不放心，生怕因為自己的輕忽而耽誤了孩子的前程。他也跟西蒙談到了佩魯吉諾。西蒙搖搖頭，「你大約已經有一段時間沒有看過拉斐爾的畫了……，簡言之，佩魯吉諾已經沒有太多東西能夠教導拉斐爾了……」喬萬尼冷汗淋漓，「你是說……」西蒙放低了聲音，「當今世界，恐怕只有達文西……」。喬萬尼頹然倒在枕頭上，臉色蠟黃，氣喘吁

吁，再也說不出話來。

不久之後，喬萬尼撒手人寰。臨終前，懇請西蒙擔任拉斐爾的監護人，並將畫坊完全交給了十一歲的拉斐爾。

他是那麼小，站在自家客廳的地當中，形單影隻。

他又是那麼高大，家裡的人都知道他現在已經是桑倨家的主事者，是當家人，大家應當聽命於他。

拉斐爾沒有時間悲傷，他腦筋清楚地安頓畫坊事務，厚待畫家們。他謹慎地處理家務，給繼母料理衣食的權利，大主意卻是自己拿。繼母雖然囉嗦，但拉斐爾是眾望所歸，她無可奈何。喬萬尼去世後，桑倨家的日子便水波不興地平穩地過了下去。

舅舅西蒙同拉斐爾有過一場私下的交談，西蒙表示，桑倨家所有的事情都應當是拉斐爾說了算。他這位監護人願意擔當一個顧問的角色，只要拉斐爾需要，他自然要提供最坦率的意見。他也希望自己的人生經驗可以幫助拉斐爾趨吉避凶。拉斐爾很誠懇地跟西蒙說，父母雙亡之後，舅舅是他唯

一的親人，他希望這份親情能夠永遠存在，他也會尊重舅舅的任何意見與建議。趁此機會，西蒙談到了達文西，認為很可能此時是一個進學的機會，因為再高傲的人都很難拒絕一個十一歲的孤兒。

拉斐爾背起雙手，低著頭，在房間裡踱步。半晌，他站定腳步，抬起頭來，說出了他深思熟慮的一番話，「畫坊將接受新的成員，將會壯大，而非萎縮，我需要同大家在一起，現在恐怕不是時候到托斯卡尼（Tuscany）去學藝。再說，達文西大師不僅是畫家，也是發明家，他有許多的奇思妙想。進入他的工作室，很可能需要掌握的是木匠和鐵匠的技藝……」。拉斐爾笑了，西蒙也笑了。出門學藝之事再次被擱置，甥舅兩人從此默契地合作無間。

拉斐爾在爾比諾宮中也得到了更多的尊敬，再也沒有人將他看成孩子，他現在擁有自己的畫坊，他不但善於經營，而且畫坊的產品美輪美奐，比父親主事的時候更加精采。拉斐爾已經是個孤兒，但他在公眾面前從不流露個人的情感，

永遠衣著得體、談吐優雅、落落大方。宮中賓客聚談從不避他，他也就知道了更多的花邊消息，他小心地將所有的見聞藏在心底，並不顯露出來。他尊敬達文西，也尊敬米開朗基羅，期待將來有機會看到他們的作品。他也更了解佩魯吉諾，知道這位前輩嗜錢如命，但是，佩魯吉諾有著高超的繪畫技巧，日後應當可以找到一些合作的機會……。

　　一四九五年，泰摩特奧‧維迪（Timoteo Viti da Urbino）從波隆那（Bologna）返回了爾比諾。維迪出身繪畫世家，父親、祖父都是小有名氣的畫家，他自己還是詩人，對政治也十分有興趣。他與喬萬尼是舊識，現在老友已經故去，喬萬尼在爾比諾宮中的一幅壁畫尚未完成，維迪便自告奮勇希望接受宮廷委託來完成這幅作品。宮廷管事委婉告訴維迪，現在桑促家的主事者是拉斐爾。維迪便興沖沖來到桑促畫坊同年輕的畫坊主人見了面。

　　十二歲的拉斐爾不卑不亢接待了父親的老友，坦然接受維迪的要求，將宮廷委託轉讓給維迪。維迪很高興，覺得這

小孩子還算懂事，便又提出，願意在桑俋畫坊工作，委託也就不必轉讓了。拉斐爾平靜地表示，「那也很好。」

只有埃萬傑利斯塔心中有數，拉斐爾知道父親未完成的作品在結構上有著一些不足，自己若是出手將其完成，勢必要修改構圖，也就是說，他必須畫出新的草圖，並且取得宮廷的同意，等於是公開否定父親的創作。這種事情，他不能做；因此樂見維迪去完成父親的這件作品，而且，結果一樣，反正是桑俋畫坊的產品。

維迪卻全然不知這小孩子不是凡人，還常常興沖沖地「指點」拉斐爾，並且在外面以拉斐爾的「指導老師」自居。拉斐爾只是報以微笑，並不多言，偶爾出手，維迪並不能真正領會，大家也就相安無事。

有西蒙舅舅鎮守，畫坊不會有任何意外，拉斐爾同埃萬傑利斯塔便來到佩魯賈。他們一到就受到佩魯吉諾的歡迎，他是識貨的，深知少年拉斐爾的技藝深不可測，樂得讓他在自己尚未完成的作品上玩玩。佩魯吉諾的助手品杜利基奧從

一見面就愛上了目光澄澈的拉斐爾，笑著解釋自己的名字就是「小畫家」的意思。拉斐爾不說甚麼，他卻知道品杜利基奧絕非小畫家，他的美學觀念、繪畫技巧絕對不輸佩魯吉諾。合作的關係順利展開，沒有任何人懷疑佩魯吉諾畫坊的產品有異於前。

　　拉斐爾在這段時間裡大膽嘗試各種不同的繪畫技巧，尤其在溼壁畫的繪製方面累積了極為可觀的實戰經驗。甚至，在構圖上，拉斐爾有時也修改了佩魯吉諾原來的設想，而取得了更好的效果。佩魯吉諾同品杜利基奧看到拉斐爾的工作成績都很開心，尤其是佩魯吉諾有了拉斐爾同埃萬傑利斯塔這樣兩位幫手，工作的速度大大加快，他便接下更多的訂單，賺了更多的錢。當然，他也會分一些給這兩位來自爾比諾的「夥伴」，拉斐爾自己是畫坊主人，收益頗豐，來自佩魯吉諾的錢便都分送給埃萬傑利斯塔和品杜利基奧，讓這兩位畫家對少年拉斐爾更加佩服，更加親近，成為真正的好友。

《聖三位一體旛旗》

Processional Banner with a representation of the Trinity，1499

我們只能説，這面旛旗是拉斐爾最早接受委託繪製的作品之一。聖父的悲憫、聖子無言的受難、聖塞巴斯提安（Saint Sebastian）的欽敬、聖洛可（Saint Roch）的憂戚都表達得恰如其分。整個畫面十分莊重，畫面背景的安置精妙，足見年輕藝術家對於透視與比例的掌握已經非常的圓熟。這面旛旗的背面是另外一幅畫面，神以亞當的一根肋骨創造了夏娃。整面旛旗經過數百年的風雨，狀況很差，但是，它依然真實地映照出十六歲的拉斐爾驚世駭俗的才華。

　　這一有趣而成功的合作關係在藝術史上帶來的唯一問題是，很多人並不清楚這只是一種合作關係，而非師徒關係。

　　但是，還是有很多人看到了拉斐爾驚人的才華，開始向拉斐爾本人，而非佩魯吉諾畫坊下訂單。一四九九年，十六歲的拉斐爾應邀來到翁布里亞大區佩魯賈以北五十公里處的小城卡斯泰羅（Città di Castello）。這座小城在臺伯河（Tiber）的上游，建築在美麗的砂岩之上，房子又都是磚木結構，因此整個城市非常的雅緻、秀麗。這座美麗的城池卻慘遭瘟疫荼毒。災病期間，教會曾向上蒼許願，災病過去便商請拉斐爾為這座城池繪製一面還願旛旗。據說，這是拉斐爾接受的第一份委託。於是，年輕的藝術家在一幅長方形畫布的兩面作畫，成就了一幅莊嚴、輝煌的旛旗，挺立在教堂之前的廣場上。在這幅作品裡，拉斐爾表達出他從弗朗西斯卡作品中所學習到的透視技法、以及極其精準的線條與色彩。但是，即使是在如此「早期」的作品裡，拉斐爾已經展現出相當成熟的個人風格，他畫中的人物表情各異，精準表

達出完全不同的情感。整個畫面顯示出抒情的詩意，這一特色貫穿拉斐爾繪畫生涯的始終。換句話說，拉斐爾一生沒有畫過平淡無奇的作品。

　　有一便有二。就在這座卡斯泰洛市裡，有一座教堂，叫做聖奧古斯丁（Saint Augustine），一位富有的羊毛商在這所教堂裡有一個家族禮拜堂。當他在教堂廣場看到那面輝煌的還願旛旗的時候便想到自家的禮拜堂，很想請拉斐爾與他的同事為這個禮拜堂繪製一幅祭壇畫，用來表達聖尼古拉的悲憫情懷。一五〇〇年十二月十日，拉斐爾同埃萬傑利斯塔共同簽署了這份合約。到二〇一八年為止，這是能夠找到的拉斐爾親筆簽署的第一份合約，在這份契約上，十七歲的拉斐爾被稱為大師，他的名字列在埃萬傑利斯塔之前。簽約之時，拉斐爾已然設計了整個畫面，並得到了委託人的讚賞。拉斐爾親自繪製了聖尼古拉身邊的兩位天使。一五〇一年，祭壇畫落成，拉斐爾聲名遠播。

　　一七八九年，義大利北部遭遇大地震，這幅祭壇畫被震

《天父、聖母與眾天使》
God the Father with the Virgin and Cherubs，1501

拉斐爾的祭壇畫《托倫迪諾的聖尼古拉加冕》碎片中的一個部分被合攏之後，證實了藝術家在繪製過程中採取的一個重大改變，畫面上方正準備為聖尼古拉加冕的聖靈換做了神色端凝的天父，聖母神色平靜，只有周遭的小天使一派喜容。這樣的改變是十八歲的藝術家在繪製祭壇畫時心境改變的寫照。這樣的即興變化也出現在拉斐爾許多作品的創作過程中，成為藝術史家們了解拉斐爾一時一地心情轉換的根據。

《托倫迪諾的聖尼古拉加冕》草圖
Drawing for the altarpiece of St.Niccolò da Tolentino，1501

根據設計草圖我們可以看到位於祭壇畫上方的聖靈、兩側的聖母與聖奧古斯丁都喜悅地手持冠冕，準備為聖尼古拉加冕；畫面中心的聖尼古拉與右側的一位天使，面容端肅。眾人腳前的魔鬼面部表情悚慄，正等待發落。悲憫的情懷、寬恕的喜悅將整個畫面照亮。藝術史家認為在這幅作品裡可以折射出達文西的創作手法以及北歐藝術家杜勒（Dürer）作品對拉斐爾的一些影響。

《一位天使》
An Angel，1501

這幅被珍藏的《托倫迪諾的聖尼古拉加冕》祭壇畫局部，描繪的是聖尼古拉左手邊的一位天使，充分展現了拉斐爾精湛的繪畫技巧以及他堅定的返璞歸真的美學理念。事實上，年輕的拉斐爾對前輩雕刻大師多納泰羅（Donatello）非常的傾倒，將雕塑之美融於畫作是拉斐爾自我期許的目標之一。這位天使充分展現出拉斐爾已然達到此一目標。

得四分五裂，教皇庇護六世（Pope Pius VI）買下了碎片。十年之後，教皇在法國謝世，這幅祭壇畫終於失散。然而，根據現在珍藏於法國里爾最古老的藝術珍品典藏博物館維卡爾（Musée Wicar, Lille）的一幅設計草圖，以及分散歐洲各地的碎片還原成的祭壇畫全圖，仍然能夠看到拉斐爾當年的設計理念，而他親手繪製的兩位天使則分藏於巴黎羅浮宮和義大利北部名城布雷西亞（Brescia）古色古香的都市藝廊。尤其是存於布雷西亞的這一禎格外有名。畫面上的這位天使就像鄰家女孩一般甜美、樸實。金色的鬈髮、沉靜的目光、豐滿的脣線讓我們看到年輕藝術家帶給我們的永恆的美感。

3

　　拉斐爾一大清早便打馬飛奔,從卡斯泰洛直奔佩魯賈,那個著名的銀行家會所。

　　前一天,他已經在這個會所的大堂裡流連了一整天,隨手臨摹的十多張素描讓他自己吃驚不小。夜間,一個人關在房內,他呆望著自己手中的畫幅,百思不得其解。

　　這個會所端莊輝煌,穹頂美麗的星圖被水果、動物裝飾成的頂線環繞著。牆壁上都是佩魯吉諾繪製的溼壁畫,幾乎囊括了這位藝術家畢生的傑作,其內容包括《聖經》故事、先知、神話英雄、希臘女預言家等等。但是,在自己手中的素描裡,只有準確而優雅的景深,只有風景線上的對稱與和諧,只有人物的身形、衣著、動作,卻沒有他們的面容、沒有他們的表情、沒有他們的視線。這是怎麼回事?拉斐爾知

道，自己的臨摹都是內心感應的準確再現，難不成佩魯吉諾的畫作中欠缺著一種內在的力量，無法真正感動自己？他要確實地知道答案，因此在清早露水未乾的時候來到了會所。

門房一見來人是著名的繪畫大師拉斐爾，便殷勤地敞開大門迎接。拉斐爾將馬韁繩交給門房，在他手裡塞了一枚金幣，便直向大堂奔去。門房望了望拉斐爾瀟灑的背影，笑著，自去給馬兒飲水。

是的，直覺沒有欺騙自己，牆上的溼壁畫毫無瑕疵地勾畫出的《聖經》人物、神話英雄的視線都是隱藏起來的，只是在做此時此刻應當做的事情，只是在完成一個故事。人物的動作是規範的、中規中矩，沒有感情的流露，或者說，人物並沒有要表達出內心情愫的意圖。或者，畫家自己並沒有要表達情感的願望，或者，甚至，畫家並不相信這一切是真實存在的……，是可以信託的……。拉斐爾感覺到內心的震動，若是說佩魯吉諾沒有信仰，那實在是太不可思議了。但是，畫作是畫家心靈的鏡子，無可逃避，半點不含糊。拉斐爾

在會堂裡快速地移動，希望找到畫家用以表達激情的筆觸來說服自己，來糾正自己的判斷。完美的線條、優雅的色彩、完美的對稱，一切都完美和諧，然則沒有激情流露。拉斐爾終於放棄，不再尋找，靜靜地收拾起心情若無其事走出門來。

「您這麼快就要走了？要不要我去知會會所的理事？他們快要來了……」門房殷勤地問長問短。

「謝謝你，這樣周到。卡斯泰洛還有些委託等待完成……」儘管內心充滿失落，拉斐爾依然打起精神，誠懇地謝過門房，緩緩踏上回程。

晨曦中，一人一騎優雅離去，門房站在會所大門前讚嘆出聲，「多俊的人兒……」

拉斐爾一點兒也不急，他要用路上的時間好好地釐清思緒，將不該表露出來的一切深埋心底。將近正午，他表情平和地踏進卡斯泰洛城門，走進自己的工作室，一面長三米寬兩米的畫布已經準備好，他將在上面為聖多明哥（St. Domenico）教堂內的加瓦瑞禮拜堂（Gavari Chapel）畫一幅

耶穌受難圖。

　毫不猶疑，在這幅祭壇畫的上方，在INRI（耶穌，猶太之王）的標示兩側，拉斐爾設計了面容端凝的太陽與月亮，以示日月如梭，神子耶穌卻是永遠的指引與救贖。耶穌被釘在十字架上，面容平和，為世人受難、為信仰受難的耶穌，坦然承受苦難的形象被拉斐爾描繪得清晰而逼真，祂的頭上有一個神聖的光環，雖然纖細，卻不容忽視。耶穌兩側的兩位天使腳踩祥雲，正用高腳杯承接從耶穌雙手和胸前滴落的鮮血，耶穌右側的天使仰望蒼天，左側的天使俯瞰人間，形

素描《自畫像》
Self-Portrait，1502

精準、優雅、柔軟的線條勾勒出自己帥氣、內斂、清秀的容貌。十九歲的藝術家拉斐爾已經有八年的歲月細細咀嚼身為孤兒的痛楚，他知書達禮，懂得深埋情感的必要。他知道「承前」是必經之路，若是能夠「啟後」自然是好。他注重的是眼下，每一筆都是福至心靈的表現，每一幅作品都是全力以赴的結果。他正充滿自信地穩步前行。

成和諧的韻律。祭壇畫下方站立著悲憤、憂傷的聖母與堅信未來的福音聖約翰（St. John the Evangelist），兩位聖者的視線傳達給觀者的不只是悲憫，更是無窮盡的希望。畫面最下方跪著為耶穌祈禱的聖傑羅摩（St. Jerome）同聖抹大拉馬利亞（St. Mary Magdalene）祂們抬頭望著耶穌，面容凝重，眼神充滿期待。整幅祭壇畫的背景竟然是碧空下秀雅的佛羅倫薩風景。醞釀於心底的對這個藝術之都的嚮往被十九歲的拉斐爾吟唱了出來，成為畫面中的天籟。

從一五〇一到一五〇三這幾年，拉斐爾忙碌極了，不斷奔波於爾比諾、卡斯泰洛同佩魯賈之間，完成了許多作品。能夠捲起來帶著走的油畫作品常常在不同的地點設計草圖、修改草圖、完成草圖，又在不同的地點完成作品。待這幅《耶穌受難》完成之時，拉斐爾在十字架的底部簽署了他的大名 RAPHAEL VRBINAS P。大寫的P是拉丁文Pinxit的縮寫，意思是繪製完成。這個署名翻譯成現代中文便是「爾比諾的拉斐爾作」。

祭壇畫《耶穌受難》
Mond Crucifixion，1502-
1503

這幅作品完成的時候，拉斐爾尚不足二十歲。他大力借鑑了中世紀宗教繪畫傳統中的精采之處；同時，他永不間斷的自我修習過程，使得他清醒地認識到前輩畫家佩魯吉諾的不足，而在畫作中予以避免。拉斐爾在這幅作品裡毫無保留地表達了他堅定不移的信仰，是宗教的，也是藝術的。同時，他也表達出對於佛羅倫薩畫派的景仰。

整幅作品展示出一種蓄勢待發的激昂，一方面是預示耶穌受難之後的復活，一方面是畫家自己在藝術領域的展翅翱翔。

人們在加瓦瑞禮拜堂看到這幅祭壇畫的時候無不讚嘆出聲，「真是青出於藍，而將要勝於藍了啊！」瓦薩里在他的記敘文章裡，曾經這樣說，「天吶，若非年輕的拉斐爾將自己的名字簽署在這幅畫作上，誰會相信這不是佩魯吉諾的傑

作呢？」瓦薩里真是大謬不然，這個畫風死氣沉沉的畫匠哪裡看出了十八、九歲的天才拉斐爾內心深處的吶喊。佩魯吉諾聽到了人們的讚美，默不作聲，只是謙虛地笑笑。拉斐爾聽到了人們的讚美，不動聲色，自去忙我們已經在紐約大都會看到的那幅作品，他為佩魯賈繪製的《聖母與聖子在王座上接受聖賢之尊崇》。於是，當時的人們以及後世很多藝術史家們都只是知道「青即將勝於藍」，卻並不知道「青並非完全出於藍」。

對佛羅倫薩的想望沒有迅速實現，但是拉斐爾收到品杜利基奧託人從席也納（Siena）捎來的消息。

席也納是托斯卡尼的名城，古老而典雅。許多文藝復興時期的著名藝術家妝點了這座城市。一五〇二年，品杜利基奧接受了一項委託，為席也納大教堂的皮克洛米尼藏書室（Piccolomini Library）繪製一系列的溼壁畫，以彰顯教皇庇護二世（Pope Pius II）的豐功偉績。庇護二世出身於皮克洛米尼家族，早年在席也納大學接受人文主義教育，成為

詩人、歷史學家、作家。他的《見聞錄》極具風采，數百年間都是藝術史學者爭相研究的對象。他是十五世紀文藝復興時期最偉大的教皇，重視人文主義思想的傳播、重視文學與藝術的發展。皮克洛米尼家族在他身後為他在席也納大教堂設立輝煌的圖書室，邀請品杜利基奧組織畫家們共襄盛舉。這些溼壁畫的完成當然是一件非同小可的大工程。然而，年老體衰的品杜利基奧實在是心有餘而力不足，但是，如此被信任、被期待又是絕對不能辜負的。來參加這項工程的畫家不少，品杜利基奧感謝大家的參與，但是，在他備受煎熬的內心深處，總是有一個優雅的影子徘徊不去。那是拉斐爾的身影。那可是一位在繪畫的領域裡可以解決任何難題的天才啊。大家都知道，拉斐爾委託不斷，忙碌得不得了，品杜利基奧卻相信拉斐爾不會在關鍵時刻拋棄老朋友，於是託人帶信給拉斐爾，請他前來助陣。信中，品杜利基奧沒有談到委託的內容，只是說自己健康不佳，面對重大委託力有未逮。

　　沒有片刻的猶豫，拉斐爾接獲信息便飛奔而來。席也

納的工作室裡，潔白的紙上還沒有半根線條，品杜利基奧見到風塵僕僕仍然活力四射的拉斐爾無限欣慰，詳細說明了這項委託的細節，請拉斐爾設計《庇護二世蒞臨安科納（Acona）》這幅大作品。

拉斐爾凝神看著老友蒼白憔悴的臉，心中疼痛。數年前，品杜利基奧是這樣善待已經成為孤兒的自己，如今，正是一個答謝的機會，自當全力以赴。品杜利基奧的心情卻因為拉斐爾的到來而平靜下來。他微笑著跟拉斐爾說，他要在委託書上鄭重寫上拉斐爾的大名，也要把收入的主要款項放在拉斐爾名下。拉斐爾鄭重謝絕，「千萬不要。委託是您的，收入也都是您的，您需要錢恢復健康，您也需要錢照顧您的助手們。」短短兩句話讓疾病纏身的品杜利基奧熱淚盈眶，也讓參與繪製工程的托斯卡尼畫家們動容。他們都比拉斐爾年長，看到這個年輕人如此重情義，都對他肅然起敬。

構想日漸成熟，人物眾多的《庇護二世蒞臨安科納》草圖完成，大受好評。委託人非常高興，邀請托斯卡尼的貴

《童貞聖母的婚禮》
The Marriage of the Virgin，1504

藝術史家常常認為拉斐爾這件作品借鏡佩魯吉諾名作《交鑰匙圖》，更有多事者常常將拉斐爾同佩魯吉諾幾乎同時期完成的相同題材的兩幅作品來做比較。隨著歲月推移，更多的人清楚看到拉斐爾的作品是更為傑出的，而更有學者認為二十一歲的拉斐爾的這幅作品是文藝復興全盛期的代表作，神性、人性、立體幾何、透視法在精湛的繪畫技巧指引下，臻於化境。拉斐爾完成作品時將名字簽署在神殿正上方RAPHAEL VRBINAS，並以拉丁文寫出日期 MDIIII，西元一五○四年。昭告天下，「拉斐爾來了」。

族、名流們前來觀賞。品杜利基奧非常興奮，頻頻告訴大家拉斐爾是多麼的早慧，對自己又是多麼的情深義重。拉斐爾的美名趁勢飛揚。白天，他同畫家們一道在圖書室工作，晚間，他集中精神設計自己在卡斯泰洛最後的一項委託，繪製童貞聖母的婚禮。

這個題材，佩魯吉諾也在繪製中。但是，目光老辣的品杜利基奧卻從拉斐爾這幅作品的構圖上看到了佩魯吉諾無法企及的高度。畫面的背景是一座宏偉神殿的前庭，由於地面階梯鋪設出精準的遠景透視效果，神殿的廊柱、層層重疊的門框便指引著觀者的視線向遠處延伸，融入至美的風景線。整個畫面的幾何中心，以及垂直落在組成半圓形的眾多人物身上的光源，又會指引著觀者的視線回到神殿建築，成為一個柔美的主旋律。畫面最前方，童貞聖母的面容沉靜、秀美，她鄭重接受正在套上手指的戒指。身後觀禮的女子們或是朝向觀者，或是朝向這一對新人，臉上的表情都有些緊張，盼望著婚禮在神的旨意下美滿進行。站在畫面中心的主

教面帶喜容，正在指引俊朗的聖約瑟夫（St. Joseph）將戒指套上新娘的手指。聖約瑟夫左手中的求婚棒頂端開出一朵美麗的花，表示他才是那唯一的中選者，而被神選中的緣由則是他對信仰的忠誠、對婚姻的忠誠。聖約瑟夫身後擁擠著一群手持求婚棒的競爭者，他們的求婚棒上光禿禿的，沒有任何奇蹟出現。於是，這些男子的臉上滿是失落，有一位甚至憤然折斷求婚棒，造成喜劇效果。拉斐爾將畫面下方人物的心情、表情、動作整合成為一個整體。畫面中部，三三兩兩聚集的人們、獨自觀望的人、正在走近的人們，談論的、關注的都是這場神聖的婚禮，於是畫面被一個完整的氛圍所籠罩，有如聖樂自天庭來到人間。

　　睿智的品杜利基奧似乎已經能夠預見作品完成時的樣貌，他輕嗽一聲，開口問道，「透過這幅畫，你可是向某位前輩畫家致敬？」他聽到了拉斐爾一往情深的回答，「弗朗西斯卡，我希望他老人家看到這幅畫的時候，會高興得微笑起來。」然後，他看到拉斐爾澄澈的眼睛上浮起的一層淚光。

　　如此美好的時光被一個令人心跳加快的消息打斷，達文西同米開朗基羅兩位先後受邀在佛羅倫薩市政廳舊宮繪製戰爭題材的大型壁畫。這是可遇而不可求的畫壇盛事，無論席也納的工程會為拉斐爾帶來怎樣輝煌的前景，他也顧不得了。在完成草圖設計、繪製，給了老友最切實有力的奧援之後，拉斐爾奔回卡斯泰洛、佩魯賈、爾比諾，馬不停蹄完成幾項委託。然後，他便要奔向他心目中的聖地，佛羅倫薩。

4

肩負著沉重的責任，移居佛羅倫薩的計畫並沒能夠迅速
付諸實行。

拉斐爾盡心盡力完成祭壇畫《童貞聖母的婚禮》時，所得
到的讚譽幾乎是鴉雀無聲的，因為人們面對傑作都感覺到詞
窮，感覺不知該如何讚美才能表達自己的心意。很多人甚至
歸功於神意，神意使然，年輕的拉斐爾創作出的這幅作品是
人間的奇蹟，沒有神的眷顧，人無法成就這樣的美麗之物。

佩魯吉諾也來了，看到這幅作品之後，未曾有任何的表
示，靜靜地走了。剛剛完成同一個題材的作品，自己為畫面
設計出的靈動、歡快的氣氛，在拉斐爾端莊、秀美與優雅的
小小戲謔比較之下顯出了雜亂與輕狂。佩魯吉諾知道自己被
比下去了，怎麼會這樣？一時卻想不透。作品完成的喜悅已

經蕩然無存，他獨自回到佩魯賈，甚至覺得自己再畫下去簡直是毫無意義；不再畫了，經濟的損失又無法估量。他陷於兩難之中。

此時，拉斐爾已經離開卡斯泰洛，他剛忙完一系列的聖母聖子畫像，如今正在佩魯賈加緊完成貴族歐迪（Oddi）家族的委託。這是一幅重要的祭壇畫《聖母加冕》。祭壇畫下方還有三幅精美的鑲板畫，分別是《天使報喜》、《三賢士來朝》，以及《聖母在神殿中呈獻聖子》。

這幅祭壇畫原本是鑲板油畫，一七九七年，時任義大利方面軍總司令的法國名將拿破崙，擊潰盤踞在義大利的奧地利軍隊之後，得到這幅祭壇畫並攜回巴黎。了解到這是拉斐爾的作品，拿破崙商請專家們將這幅作品移轉到畫布上，以利長久保存。多年後，作品回歸義大利，並被梵諦岡博物館珍藏。

大功告成，拉斐爾懷著雀躍的心情整理行裝，準備奔赴佛羅倫薩。

　　拉斐爾一向擁有女人緣，歐迪家族的祭壇畫更是讓整個家族感覺榮耀。一五〇四年年底，歐迪家族中的一位貴婦對拉斐爾鍾愛有加，主動為他寫了一封信給佛羅倫薩的執政者蘇得利尼（Pietro Soderini），請蘇得利尼為「爾比諾的拉斐爾」提供方便。

　　懷裡藏著情深意切的「介紹信」，拉斐爾終於來到了名城佛羅倫薩。幾乎是一踏進這座大城，拉斐爾就愛上了她，空氣裡飄拂著歷史的芳香，到處是古蹟，到處是藝術品，滿街都是藝術家。拉斐爾幾乎要醉倒了。但他畢竟是見過世面的，第一件事自然是拜會蘇得利尼。

　　面對彬彬有禮的翩翩美男子拉斐爾，尚未打開那封來自佩魯賈的飄著香芬的信件，蘇得利尼已經是笑容滿面，他熱情地歡迎拉斐爾，表示願意為拉斐爾提供所有的方便。

　　佛羅倫薩是藝術之都，是見過大世面的。青年才俊拉斐爾的到來沒有在這座名城掀起任何的漣漪。佛羅倫薩在靜靜地觀察，倒要看看這位人見人愛的年輕藝術家在自己的地盤

上能有甚麼作為。

　　拉斐爾沒有貿然直奔達文西工作室，也沒有直接奔向米開朗基羅繪製巨大草圖的市府舊宮，他來到一家著名的畫坊，吉蘭達約的畫坊。我們已經知道曾經與少年米開朗基羅有著親密師生之誼的老吉蘭達約已經去世。老吉蘭達約的兒子瑞道夫（Ridolfo Ghirlandaio）同拉斐爾同年，同樣十一歲就失去父親，小小年紀便肩負起畫坊主人的責任。兩位同齡人一見面就成了無話不談的朋友。相同的身世、早已熟悉的畫坊工作氛圍讓拉斐爾感覺輕鬆自在。瑞道夫告訴拉斐爾，自己曾經跟前輩畫家巴托羅謬（Fra Bartolommeo di San Marco）學畫，而且應允拉斐爾一定找機會介紹他們認識。正聊得高興，一位青年畫家來訪，他是出身藝術世家的亞里斯托提勒・桑格羅（Aristotele da Sangallo）。交談之中，拉斐爾很高興地發現亞里斯托提勒曾經跟佩魯吉諾學習繪畫，「但是我更鍾情雕塑，所以我現在跟米開朗基羅大師學習雕塑。」亞里斯托提勒這樣說。他又告訴兩位朋友，米開朗基

《歐迪家族祭壇畫》
Oddi Altarpiece，1504

主圖部分《聖母加冕》*The Crowning of the Virgin*分成兩部分，上半部是聖母來到天庭，耶穌在眾天使奏樂的歡喜中為母親加冕。耶穌的面容悲喜交集，祂小心地將冠冕舉起，似乎是不想將母親的衣飾弄亂。下半部表達的是人間圖景，聖母的身體與靈魂同時飛升至天庭，因此棺廓是空的，裡面盛開著嬌豔的玫瑰花與聖潔的百合花。使徒們圍繞著棺廓，仰望蒼穹，驚嘆神蹟的出現，聖湯瑪斯（St. Thomas）的手裡還捧著聖母升天之際飄落下來的一條飾帶。

藝術史家認為，拉斐爾初試啼聲的代表作已經展現了前輩大師喬托（Giotto di Bondone）與馬薩契奧的風采，精湛的佛羅倫薩畫風已經在拉斐爾這幅作品中閃亮。十四年後，提香將整幅作品移轉到自己的創作中，表達他的敬意。鑲板畫部分依序如下：

《天使報喜》
Annunciation

圖中天使歡喜來報聖母懷孕的消息；門外祥雲之上聖父正為聖母祝福；聖母端坐著，靜靜聆聽喜信。

《三賢士來朝》
Adoration of the Magi

充滿喜慶氛圍，三位賢士為耶穌的誕生，前來向聖母表達祝賀之意，圍觀人群紛紛面露驚喜神情。

《聖母於神殿呈獻聖子》
Presentation at the Temple

神聖莊嚴，在耶路撒冷的神殿之中，聖母正將聖子交到主教手中，聖子返身轉向母親，母子情深滿溢畫面。這三幅作品是傳統的宗教題材，拉斐爾卻在其中痛切地傳達了他對母親的依戀、熱愛，賦予這些作品以親切的暖意。

羅在市府舊宮議事廳繪製的卡西納戰役草圖接近完成，他來找瑞道夫就是想請老朋友同自己一道前往觀賞。瑞道夫工作繁重走不開，拉斐爾便同亞里斯托提勒一道前往市府舊宮。兩位新朋友一路走一路談，十分愉快。

舊宮廣場上人潮洶湧，擠得水洩不通。亞里斯托提勒熟門熟路帶著拉斐爾穿過層層迴廊進入議事大廳。這是第一次，拉斐爾看到米開朗基羅，同時看到他正在完成中的作品。

對繪畫異常敏感的拉斐爾在瞬間被感動得熱淚盈眶，讓身為米開朗基羅弟子的亞里斯托提勒興奮得滿臉紅光。

這是怎樣緊張的戰前時刻啊，拉斐爾已經聽到了警號的鳴叫「敵軍來襲！」，正在沐浴的士兵們緊急著裝、迅速將武器抓在手上、緊急中旗手正在把軍旗舉起來……。畫面上男性碩壯的肌肉正在跳動，每一根強韌的骨骼正在奮起，每一張臉上都迸發出對大戰的渴望以及必勝的決心……。

米開朗基羅正在全神貫注地工作，面部表情幾近瘋狂，手的動作卻是毫不猶豫的，線條如同飛射的箭矢強有力地出

現在巨大的畫紙上，震動得那個脆弱的木架搖搖晃晃。

　　良久，米開朗基羅放慢了速度，繼續加強著一些細部，終於，停下手來。猶如樂曲的終了，室內爆發出的歡呼聲似乎喚醒了米開朗基羅，他緩緩地轉過身來。亞里斯托提勒拉著拉斐爾擠上前去，將自己的新朋友介紹給老師。

　　拉斐爾眼神迷離，激動之情溢於言表。米開朗基羅的目光何其銳利，他看到了這位年輕紳士不同一般的面部表情，微微點頭，並未說甚麼。動手收拾畫具，自然是弟子服其勞。拉斐爾恭謹行禮告別，退了出來。

　　夜深，拉斐爾信手畫下這一天的觀感。面對手中的素描，思緒萬千。

　　燭光黯淡，拉斐爾坐在昏暗中，閉上眼睛，米開朗基羅繪製的草圖再次在眼前浮現，他再次被震撼、被激動。在這樣的時刻，他冷靜地提醒自己，需要另外一面鏡子，才能真正了解米開朗基羅的偉大之處。

　　隔天，拉斐爾獨自一人來到達文西的工作室。米開朗

基羅畫草圖的市府舊宮寒冷、四壁透風，這裡卻是溫暖、舒適、暢亮的。米開朗基羅張貼畫紙的木架粗糙、簡陋；達文西卻為他的草圖製作了精巧、細緻的木架，隨著木製扶手的推移，木架可以開合伸縮，畫紙便可以上下移動，非常方便。米開朗基羅作畫的時候並無任何助手，圍觀者們也都悄無聲息凝神觀看；達文西這裡僕從如雲、笑語喧譁，熱鬧得很。兩位大師工作狀態的差異讓拉斐爾心下驚異。兩人作品的風格更是不同，達文西的草圖上是凶猛的廝殺、馬腿的交纏、武器搏擊時巨大的衝撞之聲以及戰鬥者冷酷、凶狠的面容……，與米開朗基羅筆下的蓄勢待發大相逕庭。拉斐爾不由得

素描《五個裸體男子》
Five nude men，1505

沒有任何證據證明拉斐爾曾經在佛羅倫薩臨摹米開朗基羅的《卡西納戰役》草圖。因此，這幅素描是拉斐爾在看過米開朗基羅的創作之後，將印象留在了紙上。他從米開朗基羅的作品吸取了豐富的養分，但他無法仿效米開朗基羅描摹男性軀體的熱情，與之保持了適當的距離。我們對照「舉旗的人」這個部分，可以發現米開朗基羅筆下的人物充滿力量動作沉穩，拉斐爾筆下的人物卻是矯健而靈動的。

《臨摹達文西作品〈麗達與天鵝〉》
Study after Leonardo's Leda，1506
達文西的《麗達與天鵝》有兩種姿態，麗達站立的這
一幅，曾有無數藝術家臨摹。拉斐爾在佛羅倫薩期間
也曾經臨摹過，他把重點放在豐潤、秀美的麗達身
上，天鵝的部分只是淺淺勾勒。這個練習的過程，被
他掩埋在素描簿中很多年，直到在羅馬期間，才在一
幅溼壁畫中大放異彩。但是，幾乎沒有人想到，在那
幅溼壁畫中，達文西的影響會是如此的深遠。

血脈賁張⋯⋯。

達文西畫了幾筆之後正跟朋友說笑，一眼看見站在眾人
當中鶴立雞群的拉斐爾，便親切地招呼他。拉斐爾上前同達
文西見禮，言詞得體，舉止大方，達文西非常歡喜，拉著拉
斐爾噓寒問暖有說有笑。助手們早把畫具收拾起來，端上茶
點。工作室的氣氛頓時變得像優雅的沙龍，異常溫馨。

就在這樣的氣氛裡，拉斐爾談到他對草圖中戰馬的觀
感，「每一條肌肉同骨骼的關係都被描摹得淋漓盡致⋯⋯」

達文西狡黠地笑了，一隻手有力地抓緊拉斐爾的手腕，
把他拉近自己，用很大的聲量直接地說，「解剖，親手解
剖，無論是蟲子、蜥蜴、一匹馬、還是一個人⋯⋯，非如

此，你不可能得到真知……」達文西的話淹沒在眾人的哄笑聲中，在這裡，達文西解剖屍體的事情完全不是祕密，有一個助手還大聲說，「大師對屍臭毫無感覺，真讓人受不了……」引發更多的笑聲。達文西滿臉得色，神情愉快地看著面前的「小朋友」拉斐爾。拉斐爾矜持地微笑著，並沒有任何的表示。

告別之時，達文西在拉斐爾手裡塞了一個小紙筒，笑嘻嘻地跟他說，「輕輕一吹，裡面的東西會掉出來，小意思，給你留個紀念……」還順勢在他肩上拍了一掌以示親熱。

返回住處，管家見拉斐爾回來，趕快在起居室添加蠟燭，然後將門虛掩，退了出去。

拉斐爾看看手裡的小紙筒，想著達文西表情豐富的面容，微笑起來，在桌前坐下，真的在紙筒一端輕輕一吹，一張紙嗶地一聲飛了出來，在桌子上彈了開來筆直落在他面前。這是一張解剖圖，一匹馬的解剖圖，馬的肚腹部分筆觸格外細膩，竟然是一匹未曾出生的小馬。拉斐爾感覺渾身發

冷目光呆滯腸胃痙攣，不經意地抬頭，在明亮的燭光下，面對自己的一面鏡子清晰地反射出達文西在這張圖背後所寫的註記，「屠馬，被明令禁止，但是一匹母馬因難產而死亡。機會難得，我抵達之時，母馬尚有體溫……」

　　拉斐爾抖著雙手，將圖捲起來放回小紙筒。他強自鎮定下來，打開抽屜，取出信封、信紙，在信紙上寫道，「……，大作無比珍貴，璧還，並致上誠摯的謝意……」在信封上寫了達文西的大名，將小紙筒放進信封裡，將信封封好，用了封蠟，蓋了自己的鈐印，正準備請管家送到達文西的工作室，想了一下，決定自己專程送去，便將這個信封放進抽屜，熄滅了燭火，回到自己的臥室。

　　這是一個艱難的夜晚，拉斐爾輾轉反側無法入睡，母馬圓睜著的眼睛如在眼前，母馬的肌肉骨骼血管神經纖毫畢現，小馬蜷縮著了無生氣……。時間雖短，拉斐爾的視線卻如同照相機一般，已經將那張解剖圖刻畫在腦海中，再也拂之不去……。毫無疑問，拉斐爾不但在理智上無法接受親手

這幅作品不同於一年多以前所繪製的兩幅屠龍題材的作品，在這幅作品裡，拉斐爾將達文西與米開朗基羅對於運動中的人體與馬匹精準的描摹技巧吸收、消化，融入自己的繪畫風格。終其一生，拉斐爾沒有親自解剖任何生物，精湛的繪畫、雕塑成為他的良師益友。拉斐爾堅信「美是絕對的」。畫中聖喬治美好的側面與戰馬美好的正面成為整個畫面的主旋律，高貴、激昂、無與匹敵。

非法解剖，就是在生理上，他也無法接受。睡不著，他下床，跪在床前禱告，「上帝啊，我無法這樣對待生命，雖然我知道對於一個畫家來講很可能是必須的，但是我就是不能，我的心、我的靈魂、我的身體都不能接受⋯⋯」床側的燭光照亮了穿著睡衣的年輕人，室內靜謐而溫暖，拉斐爾終於漸漸安靜下來，上床睡了。這一個晚上，母親入夢來，溫柔地跟他說，「⋯⋯不要惶惑，你一定可以找到變通的做法⋯⋯，不要焦慮⋯⋯」，拉斐爾在夢中感覺母親的手正輕撫著自己的肩頭，他開心地笑了，用自己的兩隻手將母親的手包在其中，貼在自己的臉上，沉沉地睡了。

早上，管家拉開窗簾，燦爛的霞光射了進來。管家看到拉斐爾將醒未醒時甜美的笑容，高興地笑了，自去準備早餐。

達文西工作室大門外，一位助手正在檢視商販送來的葡

萄酒，看到拉斐爾走來便熱情地招呼，殷勤地告訴拉斐爾，「大師今天正在畫《蒙娜麗莎》，在那間小畫室，你聽到音樂聲，推門進去就是……」

果真，循著音樂聲，拉斐爾很容易就找到那間小畫室，厚重的地毯之上立著畫架，一個小樂隊正在彈奏歡快的樂曲，達文西手拿畫筆、調色盤在畫架前左右移動，忽然之間他停下了腳步，仍然面對著畫布，揮動著畫筆向身後的樂隊叫道，「換一首有趣一點的，我要她笑起來，笑起來……」一位助手看到拉斐爾，便走來招呼他，拉斐爾將手中的信封交給助手，在他手裡塞了一枚金幣，很親切地跟他說，「大師正忙，不打擾了，請把這封信交給他。」助手眉開眼笑，「您放心，放心，我當面親手交給大師……」

歡快俏皮的樂聲繚繞中，拉斐爾退了出來，他走向市府舊宮。

議事廳裡傳來人聲，米開朗基羅已經應召前往羅馬，空曠的大廳一片狼藉，達文西那面牆上的畫面剛剛開始繪製不

久，墨色勾勒的線條還在，顏色卻大面積地脫落了，慘不忍睹。米開朗基羅的草圖上面的罩布被掀了起來堆在木架上。三三兩兩聚在那裡的人們手裡都有素描簿，正在臨摹。恍然間，拉斐爾似乎已經看到無數嫉妒的心、貪婪的手撕扯著這幅傑作，將其支解，甚至爭論著碎片在本來的畫面中應當有的位置……。拉斐爾感覺心悸，感覺遭到重擊，頭昏眼花，快步走出，站到了舊宮的廣場上。

陽光下，露臺之上，米開朗基羅的《大衛》側對著他，那俊美的容貌在陽光下格外的柔和。拉斐爾的視線緊緊地跟隨著大衛，信步拾階而上，直到大衛整個聳立在他的面前，拉斐爾感覺剛剛擁塞在心中的塊壘消失了，他覺得迷醉，覺得飄飄然，覺得被大衛的美震撼得說不出一句話來，他打開素描簿，眼睛不離大衛，畫了一張又一張素描。忽然間，眼睛的餘光看到一紙告示，明令「不准觸摸」。拉斐爾像小孩子一樣開心地笑了，這就是了，母親所說的「變通的做法」就在眼前……。拉斐爾面對羅馬方向碎碎念道，「……請原

諒我，請允許我輕輕碰觸一下您雕琢出的肌膚……」

拉斐爾從披風下伸出右手的食指，手指的指腹剛剛接觸到大衛肌肉勻實的大腿，拉斐爾感覺被電流擊中……，那種幸福的感覺永難忘懷。

這一天，拉斐爾早早返回家中，極其流暢地完成了《聖喬治大戰惡龍》的主體部分。

這幅作品的訂單來自親愛的故鄉爾比諾，委託人正是圭多巴爾杜公爵。

一五○二年，教皇亞歷山大六世（Pope Alexander VI）之子，野心家凱撒‧布喬亞（Caesar Borgia）攻陷爾比諾，聲稱爾比諾本是教皇的領地，將宮廷中的藝術瑰寶劫掠一空。為

《聖母子與金翅雀》

Madonna of the Goldfinch，1505-1506

這幅作品中的金翅雀意涵深遠，頭頂的一抹紅色象徵著成年以後的聖子將遭受的酷刑與折磨。幼兒時期的施洗約翰滿臉天真的笑容，聖子雖同樣的幼小，卻是更加早慧的，祂的面容上不但有著幼兒的天真更有著一絲凝重。聖母美麗優雅溫柔，手中的書本打開著，書寫著預言與警示，為畫面添加了嚴肅的氣氛。

這幅鑲板油畫一直為納西家族所珍藏，一五四八年在地震中被粉碎成十七片。直到二○○八年才依靠高科技的協助被完全修復並珍藏於佛羅倫薩烏菲茲美術館。

了保衛自己的百姓不至於遭到屠殺，領主圭多巴爾杜放棄一切權勢，流亡威尼斯。人算不如天算，不久之後，教皇與他的兒子雙雙感染霍亂。教皇病死，其子雖然痊癒，但財政狀況已經是一塌糊塗。爾比諾民眾趁勢揭竿而起，奮勇擊垮敵人，收復了失土，迎接自己的執政者返回家園。

一五○三年，出身爾比諾顯赫的羅維雷（Rovere）家族的教皇朱利阿斯二世登基。

一五○四年，一切平定，為了長治久安，被冊封為公爵的圭多巴爾杜選定教皇朱利阿斯二世的姪子為爾比諾王位繼承人，等於將爾比諾置於羅馬教廷的保護之下，得享一段時間的安寧。

為了歡慶勝利，圭多巴爾杜請拉斐爾為宮廷繪製聖徒屠龍的畫作，拉斐爾畫了聖麥可（St. Michael）屠龍與聖喬治（St. George）屠龍兩幅作品，大受歡迎。圭多巴爾杜公爵接受英王授予的嘉德騎士勳位之後，很想送給英國人一件禮物，便請拉斐爾再次繪製聖喬治屠龍這個主題，因為聖喬治

正是英格蘭的守護聖者。

　　一直愛護拉斐爾的爾比諾執政者並不知道一年之間，拉斐爾的飛躍騰越，他只是知道，這件作品非常精采，英國人非常珍愛，爾比諾與英格蘭的關係也更形親密。

5

　　對於佛羅倫薩來說，拉斐爾是一個新人，在眾多繪畫藝術家雲集的這個大城裡，拉斐爾的聲望不足以為他帶來大量的訂單。訂單的來源仍然在北方，在家鄉爾比諾，在佩魯賈，甚至在席也納。佩魯吉諾在佛羅倫薩有一個畫坊，拉斐爾偶爾去走動一下，與他們保持著良好的關係，但他並不常去。主要的原因是他覺得從那個畫坊已經學習不到更多的東西，很可惜，有時候拉斐爾會這樣想。佛羅倫薩訂單不多的情況並沒有影響到拉斐爾的生活與心情，他依然從容而淡定。爾比諾的畫坊運轉良好，舅舅西蒙非常可靠而且善於經營，他可以心無旁騖地在佛羅倫薩結交新朋友，充實自己。

　　富裕的年輕商人羅倫佐‧納西（Lorenzo Nasi）是新朋友之一，與拉斐爾情投意合。一五〇五年年底納西結婚，委託

拉斐爾為他的新婚家庭創作一幅聖母子像，於是，數百年來引發無數關注的《聖母子與金翅雀》於焉誕生。在這幅作品裡，聖子與施洗約翰（John the Baptist）都還是幼兒，依偎在美麗溫柔的聖母膝前，施洗約翰手中捧著一隻美麗的金翅雀，聖子的右腳踩在母親的腳上，伸出右手去觸碰金翅雀的頭頂。母子之間深切的愛意透過拉斐爾細膩的筆觸展露無遺。聖母左

鑲板油畫《自畫像》
1513-1514 Self- Portrait，1505

這件作品公認是拉斐爾最出色的油畫自畫像之一，是他客居佛羅倫薩時期的代表作，不僅深得佛羅倫薩畫風影響，而且也是年輕的拉斐爾緬懷老友品杜利基奧的扛鼎之作。畫面強烈的明暗對比彰顯出外表文雅內斂的拉斐爾內心深沉的孤獨與奔突不已的情感風暴。

手捧書，右手溫柔地攬著施洗約翰，三個人物呈現穩固的金

字塔形,背景則是祥和、優美的風景線。整個畫面溫馨、親切、意味深長,是拉斐爾居留佛羅倫薩期間重要的代表作。

拉斐爾在一五〇五年還畫了一幅自畫像,畫家戴著黑色貝雷帽,優雅的面容微微右側,線條非常的柔和,畫家的視線與觀者相接觸的時候,觀者能夠感覺到這位青年藝術家的謙虛、成熟與自律。在這幅自畫像中,拉斐爾身著黑色上衣,領口露出纖細優雅的蕾絲衣領,讓人想到七歲時的拉斐爾、十一歲時的拉斐爾身著喪服、內心酸楚的形象。但是,此時此刻,他畢竟長大了,已經二十三歲,也已經在六年前開始被人們稱為大師⋯⋯。拉斐爾在燭火下凝視著自己一年前的畫像,尋找著自己當時最想要表達的情愫⋯⋯。

管家輕輕推門進來,站在拉斐爾身後,等他轉過身來,這才向他報告瑞道夫來訪。

拉斐爾將自畫像蒙上一塊細布,來到客廳迎接自己的好朋友。很快,兩人一道轉回畫室。瑞道夫在工作中遇到敷色的困境,尤其是一種紅色,很難產生既飄逸又莊重的感覺,

「就像你畫的聖母身上那件紅色的外衣，或者是聖喬治身後公主身上的紅色衣裙……，不知你是怎樣辦到的……。當然，若是不方便，我們換個話題……」誠實的瑞道夫侷促不安地囁嚅著。

拉斐爾對競爭毫無興趣，他不要壓倒同行，更不要表現自己。而且，他天性謙和，絕不批評任何人，看到了同行不足之處也不會貿然提出建議。但是當別人提出問題謀求改進之途的時候，他會傾囊相授。此時此刻，他很誠懇地微笑著，邀請瑞道夫在桌前坐下，拿過一隻小小的工具匣，打開來，裡面是製作畫筆的工具，油畫筆使用的馬鬃整齊排放著。拉斐爾看過瑞道夫作畫，也知道他有固定的畫具商提供畫布、顏料與畫筆。他了解瑞道夫的困境，其關鍵在於他並沒有真正能夠隨心所欲靈活運用的畫筆，尤其是排筆的部分確實需要改進。於是他解釋給瑞道夫聽，並且當場為他製作一支好用的排筆，請他帶回家試試看，若是好用，便可以請畫具商如法炮製……。

　　看著拉斐爾修長的手指靈活地轉動著，極其熟練地做出一支畫筆，瑞道夫驚喜地叫道，「拉斐爾，你簡直是無所不能啊！」拉斐爾也笑了起來，跟好朋友說，「沒有人無所不能，你知道嗎，有一度，我還想學雕塑呢，只不過沒有成功而已……」。這樣的新鮮事，瑞道夫當然願聞其詳，於是拉斐爾就講故事給他聽。

　　拉斐爾在看了米開朗基羅的《大衛》之後萌生了學習雕塑的願望，來到亞里斯托提勒的雕塑工地看朋友怎樣用黏土、用蠟做模型，回到自己家裡關上房門在畫室裡如法炮製，結果被黏土弄得非常狼狽，「熱蠟更不用說了，我幾乎被燙傷……」。拉斐爾結束道，「這一下，我才看清楚，每個人都有自己的位置，我能夠把畫畫好就行了，不是每個人都有米開朗基羅的天賦……」瑞道夫點頭，「能夠把畫畫好，已經非同小可了……」

　　朋友帶著新畫筆走後，拉斐爾揭開罩布，長久地凝視著自畫像，想念著年老體衰的品杜利基奧，內心充滿感激，自

己還是個孩子的時候，品杜利基奧是那麼耐心地示範給自己看，怎樣調出最可心的色彩，怎樣製作出最合意的畫筆，怎樣在拼接好的木板上塗上最可靠的底色……。

　　天光剛剛亮，拉斐爾正在梳洗，管家急急敲門，未等回音便闖了進來，一邊連聲道歉，一邊報告，席也納貴族希格爾蒂（Fabrizo Sergardi）的使者到！拉斐爾從洗臉巾後面露出眼睛來，驚訝地看著失態的管家。一向沉穩幹練的管家一邊手忙腳亂將外衣套在拉斐爾身上，幫他繫好腰帶，一邊連聲說，「您快著點吧，人家連夜趕來，不好讓人家久等的……」。拉斐爾加快動作，不消一時半刻，他已經衣著整齊神清氣爽地站在來人面前。希格爾蒂的使者儀表堂堂氣宇軒昂，手裡捧著一隻沉重的箱子，穩穩當當地站在客廳中央。主客見過禮之後，使者將箱子打開，裡面滿是比黃金更貴重的青金石，寶石上面有一封信以希格爾蒂的貴族鈐印封緘。這封信寫得極為華麗，將拉斐爾大大地恭維了一番，請他為自己畫一幅聖母子圖，潤筆由大師自訂，隨信附送青金

石若干，若是不敷使用，請隨時告知，自當另行奉上……。
信封裡還附有一張小箋，品杜利基奧以蠅頭小楷直抒胸臆，
「我親愛的拉斐爾，你的聖母像聲名遠播。希望你接受席也
納的委託，這個古城有資格得到你的一幅畫……」

拉斐爾在使者面前不動聲色，請客人稍待，他去寫一封
回信。使者露出了笑容，點頭致敬，管家馬上為使者讓座，
端上葡萄酒，噓寒問暖，殷勤待客。

回信也很華麗，拉斐爾傾訴了仰慕之情，表達了接受委
託的意願，清楚表示很快可以送上草圖並正式簽約……。拉
斐爾的信封非常的講究，完全是爾比諾宮廷的派頭，封緘更
是漂亮，莊重而優雅，絳紫色的封蠟很是高貴。到了這個時
候，來自席也納的使者終於露出了欽佩的神情。

拉斐爾不卑不亢，在客廳禮數周到地與來客道別。管
家一直將來客送到大門外，傭人牽來已經吃飽喝足刷洗乾淨
的坐騎，使者親切地跟管家說，「您家主人是一位真正的紳
士，令人尊敬。席也納藝術家眾多，沒有見到像您家主人這

樣的英才。」管家含笑回禮，一直看到來客走出了視線，這才關上大門直奔拉斐爾的畫室。

拉斐爾坐在桌前，面前攤放著品杜利基奧的小箋，臉上還有淚痕。盛放青金石的箱子打開著，寶石在陽光下燁燁生輝。管家一進門，先把箱子蓋好、上鎖，收藏在拉斐爾置放貴重顏料的地方。看著拉斐爾年輕而憂傷的臉，管家在拉斐爾對面坐了下來。

「我真想馬上奔到席也納去看望品杜利基奧，但是，來自佩魯賈的那幅祭壇畫委託讓我分不開身。毫無疑問，希格爾蒂的這一份委託是品杜利基奧為我爭取到的……」拉斐爾說出他的想法。管家便跟拉斐爾說，「任何事情都有變通的辦法，您寫一封信，我親自去席也納當面交給您的這位老朋友，順便帶些葡萄酒，帶些錢……。您現在情緒激動，最好出門走走，心情好些，再來寫信……。」

管家的一席話讓拉斐爾慢慢地安靜下來，他想了一想，跟管家說，「巴托羅謬修士那裡比較僻靜，我去看望他，跟

他談談……」管家深深點頭,他喜歡瑞道夫,也喜歡瑞道夫的老師巴托羅謬修士,修士非常的虔誠,是個好人。

拉斐爾抵達的時候,巴托羅謬正在畫室作畫,他在畫中的信徒身上使用一種黯淡無光的金色,結果卻產生了一種溫暖有力的輝煌,拉斐爾深深地被吸引。巴托羅謬含笑解釋給拉斐爾聽,「當靈魂被神聖的信仰喚醒的時候,會有金色的光芒出現。我們不能用厚重的金色,效果不彰,但是這種稀薄的金色,卻是溫暖而輝煌的……」。拉斐爾是用色的大行家,完全聽懂了,決心回家試煉一番。巴托羅謬開始了新的話題,他很虛心地向比他年輕十多歲的拉斐爾請教比例與透視,拉斐爾馬上拉過一張廢紙在上面畫出橫的簡單的風景線,爾比諾畫派最精湛的技藝之一,然後用縱的線條來顯示遠近,當滅點在畫面上出現之時,聰慧的巴托羅謬馬上了解了透視法的基本規則,非常高興。這一天,兩位藝術家互相取長補短,聊得非常盡興。

巴托羅謬與拉斐爾兩人從不隱諱他們在繪畫技法方面的

交流，成為義大利文藝復興巔峰時期的一段畫壇佳話，傳之久遠，被歷代藝術史家津津樂道。

這一天傍晚，滿載而歸的拉斐爾一走進家門，管家便跟他說，德依（Barnardo Dei）家族來人委託拉斐爾為他們在聖靈教堂（Santo Spirito church）的家族禮拜堂繪製一幅祭壇畫，「尺寸很大……」管家覺得拉斐爾的委託已經不少，再加一幅祭壇畫，將會是很沉重的負擔。沒有想到，拉斐爾情緒很好地回答說，「這可是佛羅倫薩人首次委託我繪製祭壇畫啊，好得很。」然後就走進畫室，調製顏料，細緻地在已經完成的兩幅作品上輕敷少許極其稀薄的金色，畫面上的聖子馬上顯示出一種溫暖而莊嚴的色澤，無比優美。管家看到了，幾乎驚嘆出聲。他終於了解，拉斐爾現在真是信心十足，再沉重的工作負擔也壓不倒他了。

晚間，拉斐爾將兩幅作品包好，跟管家道了晚安，來到朋友塔迪奧（Taddeo Taddei）的豪宅。這裡永遠是一個極其熱鬧的所在。塔迪奧是一位殷實的富商，不但熱愛藝術品，

而且有很高的鑑賞能力，是一位卓越的收藏家。塔迪奧生性慷慨，家裡永遠高朋滿座，佛羅倫薩的名士們都是他的座上客。拉斐爾剛剛抵達佛羅倫薩，就受到塔迪奧熱情而真摯的款待，並且在這裡認識了無數的新朋友。兩年過去了，拉斐爾投桃報李，畫了兩件作品送給塔迪奧。

事有湊巧，在大門口，開門的不是管家而是塔迪奧府邸的一位清客，此人是裝裱、修復藝術品的高手。管家正忙著招呼客人，他正好在門口，就為拉斐爾敞開了大門，熱情地歡迎他。拉斐爾一見是他，簡直喜出望外，便把手中的包裹交給他，「兩件小品，是送給塔迪奧的。」裝裱大師心領神會，捧著包裹快步奔進他的工作室。

大餐廳裡，主人同來客們正啜飲飯前酒，一位年輕的客人背對著大門，坐在主人的右手邊，正在發表他最新的美學見解，「……最近，我終於了解了『美』的概念，美就是拉斐爾筆下的聖母……」。塔迪奧抬眼看見了正走進來的拉斐爾，開心地笑了起來，周圍的人也都開心地笑了起來，年輕

的客人看到了面容平靜的拉斐爾，尷尬地笑了，臉都紅了。

　　許多隻手擎著酒杯，許多笑臉轉向拉斐爾，「敬拉斐爾！敬拉斐爾的聖母！」

　　只聽得一聲清脆的聲響，塔迪奧的管家以一把銀叉敲響了一隻水晶酒杯，大家安靜下來凝神觀看，兩位衣著華麗的小僮捧著兩個畫架走了進來，跟在他們身後的是面容端莊的裝裱大師。他很小心地將兩幅作品端正地置放在畫架上，剛一轉身，大廳裡已經發出無數的讚嘆聲，所有的人湧向這兩幅作品。留在後面的是拉斐爾同他的朋友塔迪奧，「兩件小品，不成敬意。」拉斐爾平靜地說。塔迪奧眼泛淚光，「這是莫大的榮幸，我會永遠珍藏……」裝裱大師趨前擁住拉斐爾，情緒激動，「……無與倫比……」

　　「我簡直不敢相信，這可能嗎？那是一棵棕櫚吧？樹下的聖母實在是美極了……」

　　「你看，聖子那麼親切地望著聖約瑟夫，噢，我的天吶……」

　　「噢，你看，另外那一幅，聖母那麼優雅地擁著幼兒施洗約翰，你看祂的面容滿是喜樂，多麼高貴。啊，再看聖子，我的天啊，祂同施洗約翰的視線接觸，傳遞了多麼和諧的情感……」

　　「你們看啊，那風景線多麼典雅，早已不是一般爾比諾畫派可以媲美的了……」

　　……

　　終於，大家坐定，拉斐爾坐在他的老位子上，坐在主人的左手邊。面對如此熱烈的讚嘆，拉斐爾只是淡淡地微笑著，偶爾開口，讚美的是豐盛的美酒佳餚。

《聖母子與施洗約翰》
Madonna with Child and St. John the Baptist，1507

這幅作品是拉斐爾佛羅倫薩時期的顛峰之作，委託人是席也納貴族希格爾蒂。作品在席也納備受推崇。法國最富文藝氣息的國王弗朗索瓦一世（François I）在拉斐爾辭世後自席也納購得，至今珍藏於羅浮宮。作品中，聖子雙腳站在母親的腳上，痛切表達母子深情，幼兒施洗約翰面對聖子彎曲一膝，展示敬意。聖母眼簾低垂與聖子的天真爛漫形成對比，聖母手邊闔著的書本預示了未來。畫面中部的風景線優美無比，成為後世藝術家競相模仿的範例。拜委託人之賜，拉斐爾得以使用大量青金石隨心所欲畫出寬大的聖母藍色披風，使得整個畫面更為莊嚴。

　　目光如炬的塔迪奧終於開口說話了，「我親愛的朋友，你的作品我看到過不少，無不精采絕倫，但是，今天這兩幅傑作，似乎更上一層樓，聖子的顏色不完全是健康的幼兒膚色，還有著一種輝煌的光芒，別具意義，你能不能告訴我們其中的祕密呢？如果可以公開的話……」

　　所有的賓客都豎起了耳朵，等著二十三歲的大師說出那驚人的祕密。拉斐爾微笑，很誠實地說道，「我今天從巴托羅謬修士那裡學到了一種敷色概念和技法，試著用來完善這兩件小品，看起來效果不錯。」他看到了塔迪奧讚美的目光。

　　餐桌上迴盪起一陣不可思議的驚呼聲，「今天……」、「巴托羅謬……」

　　裝裱大師坐在拉斐爾身邊，他很誠懇地看著拉斐爾，「眾家之長都被你採集到了，融會到你的風格裡，這似乎是你的飛躍永無止境的緣由。」拉斐爾沒有回話，只是端起酒杯向這位知音表達敬意。

曲終人散，塔迪奧再次向拉斐爾表達謝意，「……最少，讓我為你購買一些青金石，表達我最起碼的感激之情……」拉斐爾想到剛剛收到的一箱青金石，開心地笑了，「……目前，我沒有問題，等到不夠用的時候，一定請你幫忙……」

午夜返家，拉斐爾沒有驚動管家，輕手輕腳回到畫室。這一個夜晚，他製作了兩幅草圖，一幅是為席也納而作，標題是《聖母子與施洗約翰》。另一幅便是為佛羅倫薩而繪製的祭壇畫《華蓋下的聖母》。毫無疑問，此時此刻，拉斐爾已經進入了創作的巔峰時期，這個時期平穩地存在著，直到他離開這個世界。

6

　拉斐爾緊鑼密鼓完成席也納委託的同時，傾盡全力來完成兩幅祭壇畫，一幅在佛羅倫薩還比較好辦，另外一幅在佩魯賈，這就增加了旅途的辛勞與困頓。一五〇五年他奔波於佩魯賈與佛羅倫薩之間完成佩魯賈一件委託的苦況，令他記憶深刻。但是他堅持要完成自己已經應允的每一件作品，無論怎樣的艱難，他一定要完成，他不能忍受半途而廢。

　事實上，拉斐爾多麼期待藉助家鄉爾比諾畫室裡畫家的力量，幫助他完成佩魯賈的委託。埃萬傑利斯塔自然是樂意幫忙，但是，維迪卻完全拒絕了拉斐爾的好意。更進一步，維迪完全漠視拉斐爾從佛羅倫薩畫風所吸取的營養，澈底拒絕了拉斐爾全新的美學觀念。年輕的拉斐爾無法可想，只好自己承擔起全部的繪製工作，只在顏料與畫板的準備方面依

靠臨時雇用的助手，好在有埃萬傑利斯塔的監督，一切都在緩慢而順利地進行中。

佩魯賈的這份委託是一幅祭壇畫。歐迪家族的一位親戚，一位母親，失去了年輕的兒子，為了紀念兒子，這位母親委託拉斐爾為家庭的禮拜堂製作一幅祭壇畫。母親痛失愛子，這樣的委託是不能以任何理由拒絕的。拉斐爾不但接受委託，而且一次又一次風塵僕僕來到佩魯賈，帶來在佛羅倫薩設計的草圖，徵求委託人的意見，反覆修改。他也多次來到設於聖法蘭西斯教堂（Church of St. Francis）的禮拜堂，研究該禮拜堂陳列的其他藝術品，期待自己的作品與禮拜堂產生一種和諧的效果。但是，佩魯吉諾的風格在此地有著最佳表現；拉斐爾雖然年輕，其繪畫風格又已經離開佩魯吉諾相當的遙遠，但為了教堂的和諧，為了委託人的觀感，拉斐爾仍不辭辛苦數易其稿。

在千頭萬緒的日程裡，在動盪不安之中，拉斐爾回到故鄉爾比諾。在宮廷裡，他總是受到熱情的款待。一天，圭多

巴爾杜公爵正與一位來客閒談。正巧，拉斐爾來訪，公爵便興致很高地準備將來客介紹給拉斐爾，還未來得及開口，就聽到遊廊另外一邊有人在大聲爭論，「……您覺得繪畫與雕塑相比較，哪個更重要？」「當然是繪畫……」「那是因為您太愛拉斐爾的緣故……」

聽到此處，公爵微笑著注視拉斐爾，很開心地等待拉斐爾的反應。那位衣著華美的來客也將視線投向拉斐爾，他是非常機敏的人，看到公爵的表情就猜到這位風度翩翩的年輕人應該就是拉斐爾，他也很想看到拉斐爾對這番爭論的反應。兩人很快發現，拉斐爾平靜如常，眉宇間似乎有著陷入沉思的表情。

公爵是急性子，開口說，「我親愛的拉斐爾，這位是來自羅馬的布拉曼蒂（Donato Bramante），是我們爾比諾人，自己朋友，可以無話不談的。我很想知道你本人對剛才那番議論的看法。」這是很簡慢的介紹了，不合規矩。拉斐爾知道大名鼎鼎的布拉曼蒂在米蘭的建樹，因此沒有馬上回答公

爵的問題，而是非常鄭重地與布拉曼蒂見禮，然後才向兩位
長者說明他對雕塑的看法，從希臘羅馬談到多納泰羅，一表
他對雕塑藝術的景仰。隱隱約約的，布拉曼蒂想到那位特立
獨行的米開朗基羅，不經意地皺了下眉頭。公爵卻笑道，
「既然你這樣地推崇雕塑藝術，你自己怎麼沒有去試煉一番
呢？」拉斐爾滿臉無辜，笑道，「主公殿下，不是喜歡甚麼
就能夠做甚麼的呀……」三個人都哈哈大笑起來。

公爵事忙，將兩位新朋友留在鳥語花香的遊廊裡，自己
匆匆奔向議事房。

比拉斐爾年長將近四十歲的布拉曼蒂幾乎從看到拉斐爾
的那一刻起，就喜歡上了這位年輕人。此時的拉斐爾已經在
許多名城留下了大量的作品，布拉曼蒂對他的畫風有相當的
了解，知道這是一位好學而且勇於實踐的藝術家，他們之間
有許多話題可以談。兩人聊得非常愉快，布拉曼蒂漫不經心
地問道，「你對建築有甚麼看法？」

拉斐爾神情愉快，抬頭看著庭園裡的拱廊、立柱，想著

草圖《耶穌被解下十字架》

Study for the Lamentation of Christ，1506

一五〇六年的這幅草圖痛切表達了母親的哀慟，整個畫面給人的感覺是靜止的，痛苦把人們凝固住了。一五〇五年，拉斐爾曾在同一個教堂繪製了一幅聖三位一體的溼壁畫，這幅草圖與那幅溼壁畫的風格比較接近，應當是很好的選擇。然而，佛羅倫薩畫風的影響是如此的巨大，在草圖中呼之欲出，拉斐爾已經沒有退路。他的這幅草圖沒有成為作品，代之而起的是全新的創作，一五〇七年的祭壇畫《耶穌被解下十字架》。

祭壇畫《耶穌被解下十字架》
The Entombment，1507

這幅祭壇畫簽署完成時間是一五○七年。事實上，一五○八年，在拉斐爾去羅馬之前仍然回到佩魯賈，再做最後的修飾，可見藝術家對這幅作品的高度重視。與眾多草圖不同的是，畫面充滿動感，兩個強壯的男子正在移動耶穌，即將移往岩石墓穴窆穸。聖母悲痛的不但是愛子的死亡，更是天人永隔的無奈。風景線上，各各他山丘上三座已經空了的十字架強烈顯示耶穌所走過的苦難之路。《聖經》故事不再是傳說，而是逼真地鮮血淋漓地展現在世人面前，極具震撼力。

自己畫《天使報喜》的時候，畫了那麼多的草圖，對畫面裡的建築有過那麼多有趣的設想，便毫不猶豫地回答布拉曼蒂的詢問，「我非常著迷於建築藝術，而且也有興趣來試煉一番。」話一說完，兩人相視而笑，非常的默契。

布拉曼蒂決心為拉斐爾尋找合作機會，他是非常穩健的人，在事情沒有著落之前是不會說甚麼的。

拉斐爾也喜歡這位學識淵博的長輩，很開心認識這位新朋友，並告訴他，自己很快就要回到佩魯賈去，「必須為一位傷心的母親完成她的委託……」於是，布拉曼蒂微笑著祝福拉斐爾一切順利。拉斐爾再次表達了他對布拉曼蒂的敬意，這才依依惜別。

忙碌的日子裡，拉斐爾繼續接受來自四面八方的委託，一位名字叫做凱薩琳的佛羅倫薩名媛請拉斐爾為她繪製一幅畫。我們從這幅畫裡能夠了解這位名媛的特質，她不僅美麗而且信仰堅定，更難得的是她博學，能夠雄辯滔滔，正如早先的殉道聖人，來自古羅馬亞歷山大城的聖凱薩琳（St.

《亞歷山大的聖凱瑟琳》

St. Catherine of Alexandria，1507

這幅鑲板油畫的尺寸只有**71×56cm**，但氣度恢弘。聖凱薩琳仰望蒼穹，被來自天庭的祥光照亮，祂完全無心地依靠在一個輪子上。相傳，因為聖凱薩琳說服眾人追隨耶穌的信仰，而遭到酷刑折磨，刑具就是一個輪子。但是，神聽到了聖凱薩琳的祈禱，將那輪子粉碎。從此，在聖者與輪子之間就有了某種關聯，深刻揭示聖者為信仰而走過的崎嶇之路。拉斐爾筆下的木輪結實、完美，完全地臣服在聖凱薩琳的左手之下，那是在歌頌信仰的勝利了，別具意義。

Catherine of Alexandria）。

在繪畫的技巧方面，拉斐爾的人物肖像幾乎完全接受了佛羅倫薩畫風的影響，人物的面貌同人物的性格、背景有著深刻的關聯，為名媛凱薩琳所繪製的這一幅人物畫是一個絕佳的例證。

即將離開佛羅倫薩，是完全出乎拉斐爾意料的。他在一五〇八年初收到布拉曼蒂的來信，希望他到羅馬，因為「教皇宮的幾面牆壁需要裝飾」。言簡而意賅。坐在燭火輝煌的畫室裡，拉斐爾把來信拿給管家看，徵求他的建議。管家仔細地看完信，把信交還給拉斐爾，語重心長地跟拉斐爾說，「……恐怕我應當先到羅馬去看一看，不但要尋找住處，還需要有一個比較寬敞的地方，助手可以留宿。……甚至，你可能打算在羅馬開辦自己的畫坊，招收學生……。教皇宮的差事都是溼壁畫，你不能單槍匹馬去完成，你得有可靠的助手……」一席話說得拉斐爾熱淚盈眶，「您怎麼捨得離開佛羅倫薩？」管家心想，「我更捨不得離開你……」

但是，這種話不能說出口。管家只是笑笑，跟拉斐爾推心置腹，「事有輕重緩急，好好地完成這裡的委託，才是正辦……」

話分兩頭說，教皇朱利阿斯二世最早聽說拉斐爾這個名字是從席也納方向，緊跟著，在爾比諾、佩魯賈又看到拉斐爾的作品，對於這位小同鄉頗有好感。但是，他們兩人常常是擦身而過，並沒有機會見到面。

教皇常常跟他的老朋友布拉曼蒂聊天，此時，布拉曼蒂正擔任聖彼得大教堂新堂的第一任建築設計師。這個大教堂的重新修建完全是教皇的主意，於是君臣兩人便有太多機會商量有關梵諦岡建築裝飾的各項事宜。這一天，教皇突發奇想，要住進宮中二樓私邸，要布拉曼蒂將那裡改造成一個「可以住得很舒服的地方」。布拉曼蒂胸有成竹，跟教皇說，有這樣一個人，可以勝任這項工程。教皇很有興趣，便問這位大師是誰。布拉曼蒂說出了拉斐爾的名字，教皇十分開心，「你叫他來，我會善待他，他是爾比諾人，我的同

鄉。這孩子很好的,信仰堅定。」

　　這便是布拉曼蒂這封信的背景故事。朱利阿斯二世不是好相與的,專橫、脾氣暴躁、說一不二,年輕的拉斐爾能否受得了,他心裡實在是一點譜也沒有。但是,自己已經不再年輕,想要幫拉斐爾一把,此時無論怎樣都是一個機會,就在這樣的忐忑之中,他派信使送去了那封信。

　　回信很快就到了,拉斐爾華麗的詞藻下面滿是對布拉曼蒂的敬意與謝意,他表示,佛羅倫薩最重要的委託即將完工,完工之後,他將盡速趕往羅馬。

　　然則,有些事情是快不了的,祭壇畫《華蓋下的聖母》是一幅重要的作品,是拉斐爾在佛羅倫薩最重要的委託,絕對要非常精采。私心裡,拉斐爾要通過這件作品來表達他對

《華蓋下的聖母》

The Madonna del Baldacchino,1508

這幅作品是拉斐爾為佛羅倫薩創作的《歡樂頌》,歌頌聖母的貞潔、聖嬰的誕生。華蓋兩側的美麗天使正在拉開帷幕讓人們看到聖母子,其他的人物以一個半圓圍繞著聖母子。祥光照耀之下,聖奧古斯丁以一個強有力的手勢昭告世人,榮耀屬於聖母子。畫面最前方的兩位小天使,一派天真爛漫的喜容,捧著曲譜歡聲歌唱。畫面中心的聖母年輕美麗,歡喜無限地看著懷裡的聖子,聖子快樂地玩著自己的右腳,笑容滿面地看著眾人。畫中人物視線的交會使得畫面的動感更為複雜多變,是藝術史家們津津樂道的話題。

巴托羅謬的敬意。草圖完成之時，他已經預感到，巴托羅謬的畫風已然助他攀上新的高峰，因之全力以赴。羅馬方面的來信紛紛飛到，管家報告搬遷詳情，布拉曼蒂信中隱約的焦急都促使拉斐爾痛下決心。六平方公尺的祭壇畫基本完成，華蓋兩側的兩位天使還有些細部尚未修飾到最為完善，拉斐爾動身在即，便同委託人商量，能否請瑞道夫收尾，委託人跟拉斐爾說，「不必假手旁人，羅馬並非遙遠，等你有空的時候回來修飾就好。」於是拉斐爾在畫上簽署了完成的時間是一五○八年。這一年的四月二十一日，拉斐爾寫信給舅舅西蒙，告訴他，自己尚未領取這幅作品的酬勞，因為作品仍然需要最後的修飾。

祭壇畫被張掛起來，備受推崇，沒有任何人覺得還需要修飾。六年之後，拉斐爾才有機會從羅馬返回佛羅倫薩按照他自己的心願徹底完成這幅油畫。

在把其他的委託全部轉讓給瑞道夫之後，拉斐爾飛奔到羅馬，開始了他最輝煌的創作階段。

世界上沒有任何一個地方能夠像梵諦岡一樣堂皇、燦爛地展示拉斐爾的藝術成就。梵諦岡成就了拉斐爾。拉斐爾也成就了梵諦岡。

這一切的起點是一個黯淡無光的日子。夜間，狂風尖利地呼嘯著。清晨，烏雲壓頂，風勢稍緩，羅馬城中仍然飛沙走石，天色灰暗。教皇朱利阿斯二世被雙腳的疼痛驚醒，萬般無奈，一肚子的火。侍從們輕手輕腳、小心翼翼，生怕做錯了甚麼招惹教皇大發雷霆。

天氣如此糟糕，布拉曼蒂緊趕著來到梵諦岡，希望能夠為拉斐爾的到來安排一個比較合宜的引薦場所。沒有想到，大教堂工程觸碰到一位前任教皇的陵寢，茲事體大，一定要請示現任教皇。無法可想，布拉曼蒂只好敦請朱利阿斯二世

《署名廳拱型穹頂溼壁畫全圖》
The Vault of the Stanza della Segnatura, Vatican，1508-1509

這個穹頂的位置是在教皇私邸的圖書室裡，拉斐爾完成穹頂溼壁畫之後，教皇朱利阿斯二世下令改造，將圖書室與書房合併，給予拉斐爾更寬闊的創作空間。日後，教皇保祿三世（Pope Paul III）在這裡批覆請願申訴，此地成為宗座聖璽最高裁判庭之一，遂改名為「署名廳」。穹頂四幅圓型圖畫使用了古典圖書館的傳統元素：神學、詩學、法學、哲學。四幅長方形圖畫的內容包括〈天體初探〉、〈阿波羅與瑪旭阿斯〉、〈亞當與夏娃〉以及〈所羅門王的判決〉。

來到雜亂無章的工地現場。看到前任教皇的陵寢在碎石爛磚之間的慘狀，教皇氣不打一處來，心下想，這座教堂最少還要修個一兩百年，自己蒙主寵召之後絕對不要埋葬在這個混亂的地方不得安寧！心裡煩，腳下不穩，竟然踢到一塊石頭，痛得鑽心，頓時閉上眼睛，滿臉寒霜。

無巧不巧，宮廷侍從唱名，「爾比諾的拉斐爾到！」

布拉曼蒂痛苦地閉上眼睛，完了，這麼倒楣的日子，可憐的拉斐爾非碰大釘子不可……。

教皇聽到唱名的聲音，慢慢掀起眼簾，眼前似乎湧動著溫暖的陽光，甚至，腳上的痛楚也大大緩和不再惱人。一位身披藍色披風的青年正穩步走向自己，臉上滿溢真摯的笑容，這笑容照亮了整個亂七八糟的工地。拉斐爾以最為正式的宮廷禮節向教皇問好，完全無視周遭的髒亂。朱利阿斯二世頓時感覺心情大暢，伸手摸一摸拉斐爾的頭頂，為他祝福，然後拉住年輕人的雙手，道著旅途辛苦，噓寒問暖起來。

廷臣們、侍從們，人人呆若木雞，說一不二的教皇朱利阿斯二世曾幾何時關心過來人的旅途辛苦？布拉曼蒂睜開眼睛，看到教皇已經判若兩人，正滿面春風地同拉斐爾閒話家常。拉斐爾好像是教皇的晚輩，一一清楚而婉轉地回答了老人家的問題。更恐怖的是，拉斐爾竟然說，「……地上不是很平整，請允許我幫一點忙……」竟然用兩隻手托著教皇的手臂，緩緩引領教皇繞開滿地碎石，站到了一個較為平整的地方。教皇朱利阿斯二世站定之後，轉向布拉曼蒂，親切說道，「我忠誠的朋友，這裡的難題就交給你，請你全權處理可好？」在教皇身邊已經好幾年，何曾有過如此福緣！布拉曼蒂點頭稱是，抬起頭來正同拉斐爾溫暖澄澈的視線相接。拉斐爾向布拉曼蒂點頭為禮之後，攙扶著教皇緩緩離去。

布拉曼蒂站在亂石之中，感慨萬千，「上帝啊，這個拉斐爾真不是凡人，竟然能夠化險為夷……」

這一天，晚些時候，布拉曼蒂已經妥善解決了施工中的若干問題，正準備回家，拉斐爾快步走來，向布拉曼蒂深

深一躬，感謝建築師的引薦。布拉曼蒂笑道，「好說，好說。」拉斐爾報告說，「拿到差事了，裝飾教皇圖書室的圓形穹頂……，索多瑪（Sodoma）已經裝飾了中心位置的八角形，不是最理想，但我絕對不會移除……。呈放射狀，我想，還需要九幅圖畫，以及比較小的裝飾性圖案……，您覺得如何？」

索多瑪來自席也納，抵達羅馬的時間只比拉斐爾早幾個月。他與品杜利基奧交好，是一位認真負責的畫師，拉斐爾絕對要顧及他的感受，因此決定保留那個不怎麼高明的穹頂中心八角形圖案，那個教皇不太喜歡的圖案。

拉斐爾在短短的幾個鐘頭裡已然贏得教皇的寵信，非但沒有趾高氣揚起來，竟然還是這樣的謙虛有禮，為他人著想，讓布拉曼蒂大為欣慰，深心裡更加喜愛這個年輕人。對於教皇圖書室，建築師瞭如指掌，便邀拉斐爾同自己一道回家，來仔細研究一下這份差事。

有的時候，我們不能不慨嘆命運之不公。

此時此刻，酒足飯飽，二十五歲的拉斐爾精神抖擻地走進布拉曼蒂優雅宅邸裡的書房。建築師在閱圖桌上鋪開教皇圖書室穹頂的圖紙，給予尚無實戰經驗的拉斐爾最為澈底、最為精準的指導，怎樣在一個圓形的穹頂上繪製溼壁畫，怎樣將建築與繪畫美妙地結合。不但如此，建築師在梵諦岡已經多年，人脈寬廣，他為拉斐爾提供了整整一個工作團隊，負責鷹架搭建、顏料磨製、溼壁畫灰漿調配的助手們都是行家裡手，而且都是一時之選，絕對可以信任。拉斐爾的工作只是設計與繪製出一個精美絕倫的小穹頂。

　　此時的米開朗基羅，已經三十三歲，住在陋室，三餐不繼。同一個夜晚，他一個人在辛苦地磨製顏料。他的工作對象是西斯汀禮拜堂巨大的穹頂，他是單槍匹馬一個人苦幹，沒有助手，沒有建築師傾囊相授，更沒有教皇的體諒與愛護。

　　羅馬的星空，俯瞰大地，真的能夠無動於衷嗎？兩位曠世英才卻有著如此截然不同的人生際遇。

　穹頂的完成當然也是完全不同的，米開朗基羅付出了四年的光陰，幾乎殘廢。拉斐爾在數月中一揮而就，依然健康如昔，只是偶爾會覺得有些腰痠而已。

　教皇圖書室小穹頂的裝飾工程有著許多的特色，中心乏善可陳的八角形與周圍的四個圓形圖案之間卻有著優雅的聯繫。四個圓形圖案的主題分別是神學、法學、詩學與哲學，這就為日後四壁的巨大溼壁畫埋下了伏筆。拉斐爾將精心繪製的草圖呈給教皇看的時候，教皇高興得很，不但馬上同他簽約而且預付可觀的潤筆費。

　雖然，工程正在進行中，教皇不可能在此地讀書，但是他仍然可能在方便的時候來這裡走走。拉斐爾不願意讓教皇看到一絲的髒亂，更不願意讓雜音攪擾到教皇，因此，不但鷹架支柱刷上了清漆，顯得不太突兀；鷹架下方還懸著美妙的乳白色麻布，這樣一來，工程所需灰漿、顏料之類都不會進入教皇的視線範圍。拉斐爾與助手們同宮廷侍從交好，出出進進都得到照顧，工作起來更是輕手輕腳，從不大聲喧

譁。於是一切都在整潔與靜謐中快速進行。

　　對於這個私邸的改建，教皇非常關心，常來走動。教皇到的時候，拉斐爾會解下圍單、套袖，洗淨手上的顏料，站在光可鑑人的大理石地板上認真回答教皇的每一個問題，從不敷衍了事。這裡的氣氛同正在繪製中的西斯汀禮拜堂完全不同，那裡像是某種工地，狂野而雜亂。這裡卻更像一間研究室，雅靜、井然有序。這樣的不同讓教皇非常的感慨，深心裡也就更加喜歡拉斐爾。布拉曼蒂看在眼裡，感覺非常欣慰，拉斐爾任何細節都慎重處理，果真不同凡響。

　　通常，人們看到的只是那位很少說話，有條不紊安靜做事的青年藝術家拉斐爾，至於他究竟是怎樣做到的，並沒有人真正了解。首先，拉斐爾從達文西那裡學到的大量繪製草圖的辦法是絕對有效的；這不但使得畫面生動，而且讓拉斐爾在繪製溼壁畫的時候熟極而流大大加快了工程進度。再者，溼壁畫不同於油畫，顏料滲入仍然潮溼的牆壁，不會造成堆積，一定要在技巧上特別下工夫，才會使得畫面有立體

感。在牆面上比較容易做到，穹頂很高，人們仰望穹頂的時候仍然能從畫面上得到立體的感覺就不是很容易。拉斐爾從梵諦岡回到家裡，吃過晚飯就進入畫室認真研究怎樣能夠得到更好的效果，助手在畫室裡為他準備了一面小小的牆壁，弧度很大。每天晚間牆壁的溼度正好，供他練筆使用。這一天，室外的溫度很低，狂風呼嘯，管家將壁爐燒暖，練筆用的牆壁比平常的日子乾得快，拉斐爾這一晚想要使用的顏色

《神學》
Theology，1508-1509

梵諦岡署名廳穹頂圓形溼壁畫之一，同其他三幅圓形圖畫一樣，居中是一位美麗的聖女。其紗巾是白色，披風是綠色，長裙是紅色，分別代表信仰、希望與慈悲。祂左手捧經典，面容端肅，右手食指指向下方，正是溼壁畫《聖禮的辯論》。兩位小天使手中的牌匾指示了何謂「神聖」，表達了不容置疑的權威。

《所羅門王的判決》

The Judgment of Solomon，1508-1509

梵諦岡署名廳穹頂長方形溼壁畫之一。兩個婦人帶著一個死去的孩子與一個活著的孩子求見所羅門王，兩人都說自己是那個活著的孩子的母親。所羅門毫不猶豫讓士兵將那孩子一劈兩半平分給她們，一位婦人尚無反應；另一位卻馬上同意將那孩子完整地交給對方，所羅門立即將這孩子歸還給她，因為只有母親才會真正顧惜孩子的性命。這個著名的《聖經》故事被拉斐爾搬上了署名廳的穹頂，不但表達所羅門王的睿智，也表達了對世間母親的敬意。

是溼壁畫最難對付的綠色，象徵希望的綠色。筆與牆壁接觸的那一個剎那，那一抹綠色在金色的陪襯下變得空闊高遠，他自然而然地用黑色接住了這豐滿的金色。陡然間，他懂得了威尼斯畫派最偉大的藝術家喬爾喬內（Giorgione）的設色方法，明白了這大膽的設色法所帶來的立體感是多麼的鮮明。更重要的是，喬爾喬內筆下的人物鮮活無比，他為人物注入的生命力似乎是隨著他畫筆的移動而天然形成的，這才是關鍵。技巧只是一個方面，最重要的仍然是藝術家自身的牧歌式的抒情心態，無論溼壁畫還是油畫，無論平面還是穹頂……。管家靜靜地站在拉斐爾身後，他清楚看到了拉斐爾的筆觸如何將自己帶進一個深邃的視野，睜大了眼睛，連呼吸都幾乎停滯了。

第二天，穹頂繪畫《神學》的部分以極其生動、端莊、豐滿的筆觸出現的時候，助手們也都睜大了眼睛，屏住了呼吸，面對這樣巧奪天工的技藝說不出一句話來。他們不知道，拉斐爾心潮澎湃強忍住淚水，正在心中感謝著威尼斯的

喬爾喬內。

　只有數月之久，鷹架拆除了，拉斐爾看著那些整齊堆放的木頭柱子，心裡感嘆著，這個用木柱支撐鷹架的辦法是米開朗基羅的創造，而自己是第一個受惠者。他不禁望向西斯汀禮拜堂的方向，希望那個堅苦卓絕的工程能夠盡快結束。

　穹頂揭幕了。布拉曼蒂來到教皇宮敦請教皇朱利阿斯二世前來觀賞。教皇走進他的書房大門，穹頂的輝煌、莊嚴、優雅讓他眼睛一亮，仔細看去，心裡的歡喜幾乎是從未經歷過的；不說那八幅美妙的圖畫，圖畫周邊的裝飾，圖畫之間的連結無不曼妙，典雅的古典風格讓那金碧輝煌得到了恰如其分的收斂。像誰？啊，有點像品杜利基奧在羅馬聖母瑪利亞波波洛大教堂（Basilica of Santa Maria del Popolo）做的裝飾，但是，拉斐爾恐怕是技高一籌啊。從穹頂移轉視線，面前，拉斐爾同他的助手們恭謹站立著，滿懷期待地看著自己……，教皇朱利阿斯二世的臉上浮起微笑……。

　拉斐爾察言觀色，明白教皇是滿意的，但他完全沒有想

到，這份滿意的程度是何等的驚人。教皇親切地看著布拉曼蒂，「將圖書室與書房合併，加大整個廳的規模，應該不是問題。」不等布拉曼蒂回答，教皇笑著轉向拉斐爾，「我親愛的年輕的拉斐爾，你同你的助手們一道來完成這整個廳的壁畫，教廷馬上同你簽約……」

此時，所有在教皇私邸進行裝飾工作的羅馬畫家們聽說穹頂已經完成，也都陸陸續續來到圖書室瞧熱鬧。教皇轉身面對這一堆人，心情很好地說道，「各位，你們可以回家了。這裡有拉斐爾就夠了……」

拉斐爾在親耳聽到他將負起整個教皇私邸的裝飾任務之時，沒有任何的喜悅之情。首先，原來已經在牆壁上的弗朗西斯卡、巴托羅謬、希諾瑞利等等好幾位前輩畫家的畫作統統需要掩蓋。其次是這麼多羅馬畫家被遣散，他們在一時之間如何得到新的工作，又如何養家餬口？面對教皇，他無法可想，只能躬身為禮。

布拉曼蒂在恭送教皇離去之時請圖書室裡的全部人馬

留步。聰明的教皇跟布拉曼蒂說，「我忠誠的朋友，我又給你出了難題，你就留在這裡解決難題吧。」布拉曼蒂朗聲笑道，「宗座，您請寬心，這裡沒有任何的難題，一切都會按照您的旨意進行⋯⋯」

教皇與廷臣們都離開了，布拉曼蒂首先跟已經被解聘的畫家們說，「教皇私邸的工程要怎樣進行，是教皇本人的決定，我們無權質疑。但是各位在梵諦岡工作多年，信譽卓著，我會給各位做些新的安排，請到我在聖彼得大教堂的工作室稍候，這裡的事情處理完，我馬上同各位見面⋯⋯」畫家們都沒有甚麼意見，一邊道謝一邊說說笑笑地離開了。

布拉曼蒂看了看面容平靜的拉斐爾，知他心裡思緒萬千只不過在表面上保持鎮定，便跟他說，「羅馬古蹟甚多，尤其是雕刻、石棺，非常值得研究，你花些時間做研究，同時準備這個廳的壁畫草圖⋯⋯」

拉斐爾聽到這番話，便跟助手們道別，靜靜地離開了。布拉曼蒂這才同拉斐爾的助手們說話。建築師不但肯定了他

們的工作，答應為他們爭取加薪，而且請他們同自己合作，在圖書室擴建的同時，澈底掩蓋牆壁上已有的壁畫，「各位都知道，我的動作是很快的。至遲明天，改建草圖就會抵達你們手中，改建工程進行中，你們就可以來完成這些壁畫的掩蓋工作，磨平牆面，為新壁畫準備場地……」

只有布拉曼蒂了解教皇朱利阿斯二世究竟為了甚麼要這樣大動干戈。說穿了很簡單，這裡曾經是惡名昭彰的教皇亞歷山大六世的居住之地，不經澈底改造，教皇自己怎麼能夠住進來？拉斐爾的才華使得改建、裝飾工程都有了可行性，教皇當然要利用這個機會實現自己的心願。布拉曼蒂是教皇的忠臣，自然全力以赴。他又非常喜歡拉斐爾，不願拉斐爾擔干係、遭人嫉妒、遭人詬病，這才有了這樣一番點水不漏的做作，成全了教皇，也成全了拉斐爾。

本來應當是一個值得慶祝的日子，拉斐爾心事重重，他感覺到肩上的責任沉重，面前將有一系列的大型溼壁畫要繪製，他想念瑞道夫，想念那許多溫暖的夜晚，兩人推心置腹的暢談。拉斐爾攤開紙筆寫信給瑞道夫，請他來羅馬，同自己一道完成教皇私邸的裝飾工程……。

接到信，瑞道夫很感謝朋友的好意，但是他知道，自己並沒有拉斐爾的天賦，放棄佛羅倫薩的穩定去到人地生疏的羅馬，行走在拉斐爾的陰影下絕非良策。瑞道夫回信婉謝了拉斐爾的邀請，感謝了老朋友的關心與愛護，很誠懇地表示，他熱愛佛羅倫薩，熱愛自己的畫坊，決定留下來……，但他珍惜同老朋友的友情，盼望著拉斐爾在方便的時候回到佛羅倫薩敘舊……。回信寫得如此婉轉而溫暖，拉斐爾自然

表示尊重老友的決定⋯⋯。

拉斐爾沒能夠請到老朋友，卻在這種心緒不定的日子裡，遇到了新朋友，人文學家、考古學家弗爾維奧（Andrea Fulvio），羅馬古蹟的一部活的百科全書。

拉斐爾常常帶著紙筆同管家一道騎馬出行，遍地古蹟的羅馬已經在他的素描簿裡留下了無數的影像。這一天，他們走得比較遠，來到幾乎是荒郊野地的羅馬市東部，也就是古羅馬皇帝尼祿（Nero）在西元一世紀興建宮殿的地方。猛然間，路旁一段殘壁的上面露出一顆頭髮蓬亂的腦袋，管家的馬驚得幾乎跳起來，拉斐爾飛快地欺身向前拉住韁繩，那匹受了驚的馬噴著響鼻踏著步子轉了好幾圈，終於安靜了下來。這一場亂之後，拉斐爾才看清楚，此時，那段殘壁上坐著一個人，粗布外衣，腰間還拴著一根麻繩，正饒有興致地看著路上發生的這一場混亂。拉斐爾同那人四目相接，那人眼睛一亮，「閣下大約就是來自爾比諾的拉斐爾⋯⋯」原來，教皇圖書室穹頂繪畫完成之後，拉斐爾在羅馬藝文圈已

經是聲名響亮了。這位從牆頭上冒出來的人就是弗爾維奧。兩人互道仰慕之後，弗爾維奧就給拉斐爾上了第一課，他把身上的繩子解下來栓到拉斐爾的腰上。這時，拉斐爾同管家才看清，殘壁底部有一根鐵樁，麻繩的一頭緊緊地繫在鐵樁上。管家同弗爾維奧緩緩地將拉斐爾從殘壁上放下去，待他抵達地面，管家把麻繩收上來，再看著這位考古學家手腳麻利地把自己放下去。

殘壁下方，一座殘敗的宮殿矗立著，弗爾維奧開心叫道，「歡迎來到尼祿的黃金屋！」拉斐爾笑道，「這是唯一的通路嗎？」弗爾維奧也笑了，「這是最近便也最安全的通路，你絕對不希望成噸重的磚石落到你的頭頂上……」從此，弗爾維奧不但成為拉斐爾最要好的朋友、最為盡責的講解員，而且，在拉斐爾將古希臘古羅馬文學藝術融入他的溼壁畫的過程中，弗爾維奧的傾囊相授功不可沒。

教皇的書房與圖書室已經打通，四壁原有的畫作已經細心掩蓋，拉斐爾從精心設計的大量草圖中凝聚出最後的設

計，也已經請教皇看過，巨大的四面牆壁已經磨平，灰漿的溼度正好，小部分圖畫已經從大幅的紙張上以點狀連線移轉到一幅牆面上，顏料已經備齊。拉斐爾站在腳手架上動作極快地開始了他的繪製，這一幅便是拉斐爾在梵諦岡繪製的第一幅平面溼壁畫《聖禮的辯論》。

此時，助手們才了解拉斐爾的設計是革命性的，這幅溼壁畫的上方正是穹頂圓形畫面《神學》，而它的對面左上方卻是穹頂長方形畫面，所描摹的是亞當與夏娃受到誘惑的情狀。天吶，如此這般。有關聖禮的辯論便在其神聖性與警示性之間得到了最為精準的位置。整個廳堂在穹頂的投射下將與四壁的畫面形成互相有著緊密關聯的整體。而這緊密的關聯，不只是視覺上的，更是精神上的。

拉斐爾從畫面中部的祥雲開始，將畫面一分為二。祥雲上方的同心圓展示了天國的圖像。畫面上的人物不但有著真人般的大小，更有真人的表情、動作、視線，使得整個畫面不但神聖並且生動而自然。上部的中心，聖父、聖子、聖

靈形成美好的神聖三位一體。美麗的天使們分列聖父兩側。聖子胸前的血跡清晰可見，但祂的容顏卻是慈悲而祥和的，聖母同施洗約翰坐在聖子兩側，聖母凝視著愛子，眼神充滿關愛；施洗約翰注視著觀者。下方正中祭壇之上置放著神聖的祭餅，成為整個畫面的中心。上方，象徵和平祥瑞的白鴿正展翅飛向下界，兩邊的四位小天使正歡喜地翻開福音書。在畫面上部左側，使徒中間坐著赤身露體的亞當，這也是非常新穎的安排，前所未見；拉斐爾在這裡給了人類一個重要的位置。右側，摩西則坐在使徒們中間，手上攤開著《十誡》，他似乎正看著亞當，臉上露出嚴厲的表情。畫面下方左側，離觀者最近處，布拉曼蒂翻開書本正同人激辯。神父、神學家、殉道者、詩人、信眾或埋頭苦思《彌撒經》或凝神聆聽辯論或正在發表個人的見解。一派莊嚴肅穆中，畫面下方右側出現了一位站立著的教皇，頭戴冠冕，身穿金色長袍，手持《聖經》，儀容威嚴。他就是教皇思道四世（Pope Sixtus IV），他是梵諦岡最偉大的建設者之一，西斯

汀禮拜堂就是在他手上建立起來的。他熱愛藝術，是文藝復興的保護者，而且，他是當今教皇朱利阿斯二世的伯父。畫面上也有當今教皇年輕時候的樣貌，他盤膝坐在祭壇的左側，還沒有留鬍鬚，正張大著眼睛觀察著、聆聽著在面前發生的一切。

《聖禮的辯論》左下方設計草圖
Study for left-hand lower part of The Disputa，1508-1509

根據現存紀錄，拉斐爾為繪製《聖禮的辯論》所準備的草圖超過四十幅，這是其中一幅，與成畫距離甚大。草圖集中表現了拉斐爾期待的緊張氛圍。神父們激動地凝視著祭壇之上神聖的祭餅。人們交頭接耳，討論著象徵聖體的聖禮應當擺放的位置……。畫面的動感強烈，拉斐爾在繪製草圖時的激烈思緒躍然紙上。

溼壁畫《聖禮的辯論》
The Disputa，1508-1509

這幅作品被歷代藝術史家譽為文藝復興高峰期的顛峰之作。毫無疑問，拉斐爾以最為優美的筆觸、最為鮮明的色彩將聖者、使徒、教皇、神父、神學博士、詩人、信眾的形象再現於作品中，栩栩如生。其圖景要表達的是天國與仙境，因之，在畫面建築的透視方面與有關塵世的描摹完全不同。

在祭壇右側站立著的教皇思道四世偉岸的身形側後方是戴著桂冠的偉大詩人但丁（Dante）。但是，邊緣處，卻出現了身著托缽修士黑色袍服的薩佛納羅拉（Girolamo Savonarola），他正目光炯炯地注視著畫面中心的祭壇。於是，文學藝術的強有力的保護者與偉大的文學創造者同毀壞、焚燒藝術品的宗教改革者不但平行地出現在畫面的同一側，而且距離很近。如此構圖不但大大增加了畫面的張力，而且強烈彰顯了「辯論」的實質：容納著不同的理念、傾聽著不同的聲音。

作品完成之時所掀起的轟動是空前熱烈的，甚至，在羅馬形成了教廷崇拜與支持人文主義思想的熱潮。教皇朱利阿斯二世看到作品的時候，幾乎無法掩飾他內心的感動與歡欣，他看到了神聖三位一體之下，祭壇右側伯父的形象時，心潮難平，閉上了眼睛。廷臣悄悄指引他看祭壇左側的青年，教皇看到了年輕的求學若渴的自己，禁不住微笑起來……。他甚至注意到，手快的拉斐爾已經在右面的一堵牆

上開始了繪製工程，那面牆上有一扇大窗，那扇大窗至關重要，它通往觀景臺，不能封閉。可不知這會不會給拉斐爾帶來困擾……。

　　拉斐爾向教皇問好之後就告退，直接登上腳手架，投入繪製工程，因為敷上牆面的灰漿溼度非常理想，半分鐘也延誤不得……。這幅作品就是《帕納蘇斯山》。教皇看著這個身手矯健、信心十足的年輕人，無法遏止內心的喜愛。他是這樣的勤勉，這樣的忘我，完全不需要任何的催促……。要怎樣才能給他一些實際的好處呢？顏料不便宜，助手們要付薪資，拉斐爾的負擔不輕，而且他能夠從司庫那裡拿到的潤筆費有限，有甚麼辦法可以為他弄到一點零用錢？教皇在離開這間大廳的時候陷入沉思。

　　教廷有一間辦公室，專門撰寫使徒事蹟，也為教皇的豐功偉業留下一些紀錄。一五〇九年十月四日，教皇朱利阿斯二世任命拉斐爾擔任這個辦公室的書記官之一，可領一份俸祿。廷臣告訴拉斐爾他不必上班，只要記得領錢就好。拉斐

爾當然明白這是教皇給他的額外補貼，於是在同教皇見面的時候很得體地表達了謝意。教皇很高興，他覺得自己真是做了一件好事，照顧了年輕的藝術家。

確實的，這是一件好事。而且自此之後拉斐爾財源滾滾，在他生命的最後十年不但不缺錢，而且有極好的進帳，不只是來自梵蒂岡，也不只是來自他正處於巔峰狀態的繪畫事業，而是來自一個教皇作夢也想不到的方向。

我們都知道，德國偉大的版畫藝術家杜勒的作品非常的豐沛，也得到歐洲王室的青睞，王室貴胄們花錢買下杜勒的作品當作上好的禮物送人。因此，在拉斐爾抵達羅馬不久，梵諦岡的顯貴們就送給拉斐爾幾幅杜勒的作品以表達他們的好意，而且，他們很快就把這件事情忘在了腦後。

永遠在學習的拉斐爾將杜勒的作品張掛在自己的畫室之內，仔細研究。拉斐爾喜歡杜勒，喜歡他的精細、喜歡他將極其複雜的人、事、物妥善地放置在極小的畫面上的功力。而且，在潛意識裡，拉斐爾想到了一個問題，就是「傳

播」，他不認識正在周遊列國的杜勒，但是他能夠每天面對
杜勒的作品得到啟發……，這不能不歸功於可以複製的「版
畫」。版畫，這樣一種藝術形式的傳播功能，遠遠不是溼壁
畫能夠辦到的，甚至不是油畫可以辦到的……。

　　十六世紀初的義大利，藝術家們若是能夠拿到委託、若
是能夠完成作品，若是作品在自己有生之年沒有被毀損、沒
有被覆蓋，已經感謝上帝，沒有人會想到自己的作品有無可
能得到比較廣泛的「傳播」。

　　就在這個時候，一五一〇年，從波隆那方向來了一個
人，名字叫做瑞蒙迪（Marcantonio Raimondi），一位版畫
家。他來到羅馬就進入了藝術家的圈子，與拉斐爾見面的時
候帶來了一幅版畫，是根據米開朗基羅《卡西納戰役》的草
圖製作的。米開朗基羅的這幅草圖拉斐爾是親眼見過的，他
還看到過許多畫家的臨摹，沒有一幅能夠像這幅版畫一樣如
此生動地傳遞出米開朗基羅在草圖中表現出來的戰前緊張氛
圍。拉斐爾仔細地審視這幅版畫作品的每一個細節，心裡轉

著無數念頭。此時，他聽到瑞蒙迪的聲音，「草圖、寫生、速寫最能夠表達藝術家內心的活動。我製作版畫，不是依據成畫而是依據草圖。草圖也給我留下了創作空間，讓我有機會將藝術家的思想在版畫上得到最佳體現……」瑞蒙迪誠懇地看著事業如日中天的拉斐爾，娓娓地訴說著他自己獨特的創作理念。

同時在場的還有一個人，他是卡洛奇（Baviero Carocci），在拉斐爾逐漸成型的畫坊裡，他本來只是一位準備顏料的雜工。但是，當瑞蒙迪出現的時候，卡洛奇才讓人們知道他自己是製作版畫的高手，而且精於銅版雕刻。卡洛奇知道，根據藝術家的作品複製版畫在教廷控制的羅馬並不容易生存，他絕對不要把待他甚厚的拉斐爾拖下水，因此，他製作版畫都是在瑞蒙迪的畫室裡。

當《帕納蘇斯山》完成之時，當卡洛奇幫助拉斐爾將草圖一幅幅整理編號的時候，卡洛奇拿起一幅草圖，無聲地看著拉斐爾，在他面前展示了這幅草圖。拉斐爾同他四目相

接，沒有點頭，也沒有搖頭，只是轉開視線做自己的事。卡洛奇將那幅草圖帶出了拉斐爾的畫坊，帶進了瑞蒙迪的畫室。瑞蒙迪根據那幅草圖帶來的靈感，刻了銅版。不久之後，瑞蒙迪親自上門，在拉斐爾面前攤開了一幅版畫，那是梵諦岡署名廳溼壁畫《帕納蘇斯山》異常精美的版畫作品。在版畫下方正中，通往觀景臺的窗戶上，刻寫著「拉斐爾繪製於梵蒂岡」的字樣。

在一個深夜裡，拉斐爾招待老朋友弗爾維奧飲宴之後，在管家陪同下來到畫室，關閉了門窗，在桌上攤開了這幅版畫。弗爾維奧仔細看了版畫之後表示了他的態度，「……我沒有機會到教皇宮看你的作品，但我可以看你的草圖，因為我是你的朋友。別的人不但不能看作品，連草圖也見不到。但是，現在，人們能夠看到根據草圖製作的版畫，就能夠了解你的美學思想、你的設計、你的構圖、以及你的部分繪畫技法……。對於後世藝術家來說，這是天大的福分……。最重要的，瑞蒙迪不是匠人，他是偉大的藝術家，是揣摩藝

瑞蒙迪根據拉斐爾的草圖製作的版畫《帕納蘇斯山》
Marcantonio Raimondi (after Raphael), Parnassus，1512

這幅精美的版畫作品是根據拉斐爾的某一幅草圖，比較起拉斐爾最終完成的溼
壁畫有許多不同。空中增加了飛翔的小天使，阿波羅手中的弦琴少了弓，變成
較為古老的彈撥樂器。畫面左下角少了女詩人莎弗，桂冠詩人中也少了拉斐
爾。但是整個畫面的浪漫與優雅毫無減損。草圖在前而溼壁畫在後，可見版畫
表達出的是拉斐爾創作過程中比較早期的設計，以及瑞蒙迪根據拉斐爾的設計
而創造出具備他個人風格的獨特的版畫作品。

溼壁畫《帕納蘇斯山》

Parnassus，1509-1510

這幅作品在一扇大窗的上方與左右兩個側面呈一百八十度展開。窗子推開之時，觀景臺的風景便在窗外展開與牆壁上的溼壁畫聯合成為一個奇妙的整體。拉斐爾在這裡充分顯示出，他是一位真正能夠將建築與繪畫巧妙結合的天才。畫面中的自畫像也坦然地展示了拉斐爾的浪漫情懷，在他的作品中，這樣的浪漫時刻並不多見。

術家思路的天才。他的作品是一流的，無懈可擊……。當然，版畫會帶來豐沛的利益，在這個方面你要有妥善的準備……」

老朋友的話與拉斐爾的想法非常契合，他誠懇地感謝了老友的肺腑之言。

考古學家離開之後，拉斐爾同管家有一番很澈底的長談。自此，拉斐爾睜一隻眼閉一隻眼，他的草圖不斷地流向瑞蒙迪的畫室。版畫收益不進拉斐爾的帳房，而交給卡洛奇掌握，成為拉斐爾的私房錢，用於一些純屬私人的場合……。拉斐爾熱愛女人，在這個方面的用度從此有了可靠的保障。

教皇宮裡的溼壁畫《帕納蘇斯山》是一幅浪漫優雅的美麗作品。教皇朱利阿斯二世站在這幅作品前，感覺著作品裡的風景與窗外的風景將神話與現實這樣巧妙地融合在一起，帶來的心曠神怡是他從未體驗過的，「實在是好！這個可愛的拉斐爾真的懂得我在這裡需要的是休息……」

　　內行的人們注意到這幅作品的中心人物是太陽神阿波羅，作品的內容是詩人與詩人、詩人與繆斯的美妙互動。畫作的上方正是大廳穹頂圓形畫面《詩學》，畫作對面的上方則有穹頂長方形畫面《阿波羅與瑪旭阿斯》。在拉斐爾的溼壁畫裡，阿波羅在月桂樹下靈泉之上忘情地演奏著一把相當「現代」的九弦琴，完全沒有因為一根笛子而與羊人瑪旭阿斯糾纏不清的乖張，在這幅大型溼壁畫裡，暴戾化作了祥和。

　　希臘的帕納蘇斯山是詩人的聖地，也是靈泉的源頭，戴著桂冠的九位古代詩人同九位現代詩人與九位美麗曼妙的繆斯女神組成了充滿詩意的畫面。

　　在阿波羅的右手邊，隔著四位繆斯，我們看到了眼神矇矓的拉斐爾，他是現代的桂冠詩人，凝視著美麗的繆斯，臉上滿是熱愛與傾慕……。讓我們想到拉斐爾那許多優雅纏綿的情詩……。

9

　　拉斐爾在梵諦岡署名廳的工程進入第四個階段，著名
的《雅典學院》的繪製。在繪製這件作品的草圖時，羅馬
的畫家們已經知道，對於一幅作品的背景以及周邊的裝
飾，拉斐爾將古代希臘羅馬的藝術融合於創作中，他的
視野、胸襟、技巧已經遠勝布拉曼蒂。於是，拉斐爾的畫
坊如同一間古代羅馬的藝術工坊，聚集了大量優秀的羅馬
畫家，有的是學生，有的是追隨者，有的是助手，他們樂
意參與拉斐爾交給他們的每一份工作，全力以赴，不計報
酬，從中得到學習，也得到聲譽。

　　拉斐爾除了在梵諦岡的工作之外，繼續研究羅馬古
蹟，常常徘徊在古老的石棺附近獲取真知。在他的朋友
裡，除了弗爾維奧之外，還有一位重要人物在考古學方面

給了拉斐爾最為切實的幫助，他就是人文主義學者、考古學家、作家、翻譯家卡爾沃（Fabio Calvo）。拉斐爾認識卡爾沃的時候，這位偉大的翻譯家正在將一部古希臘醫學寶典翻譯成拉丁文。這部寶典的作者是生活在西元前五世紀到四世紀的古希臘醫生，西方臨床醫學之父希波克拉底（Hippocrates）。這部被世人稱為「神奇的希臘魔法」的寶典實際上是一部科學著作，正是這位希波克拉底醫生將荷馬（Homer）以降地中海區域各種診療的方法、藥劑的辨認與使用加以研究，使得醫學離開了巫術、甚至離開了哲學，而成為一門獨立的科學。這部書的原文是愛奧尼亞方言，也就是包括雅典在內的古希臘東部流行的語言。為了眾生的健康，卡爾沃花費大量心血將這部艱澀的著作翻譯成歐洲十六世紀流行的拉丁文。這樣偉大的舉措當然感動了、吸引了拉斐爾。

比拉斐爾年長三十三歲的卡爾沃初次看到這位年輕藝術家的瞬間，眼睛裡禁不住湧滿了淚水，內心更是充滿了

憐愛。孤兒拉斐爾在這個瞬間得到了一位愛自己勝於父親的長輩，不但考古學方面的問題迎刃而解，語言學方面更是如虎添翼。完全出乎世人意料的是，拉斐爾在羅馬古蹟方面的研究一一被細心的卡爾沃忠實地記錄下來。拉斐爾逝去之後，一五二七年，卡爾沃出版專書《羅馬古城》，詳細介紹了拉斐爾對羅馬古蹟的研究成果。因之，拉斐爾在保護羅馬古蹟方面的作為，沒有完全被歲月塵封。

對這一切毫無所知的拉斐爾正把主要精力放在繪製梵諦岡巨幅溼壁畫上，這一回，與這幅作品對應的是穹頂圓形畫面《哲學》，以及長方形畫面《天體初探》，這兩幅穹頂畫從不同的角度投射、加強了《雅典學院》所強烈彰顯的和諧與秩序，這也是哲學本身帶給人類最重要的精神財富。

在拱門重疊、富於古代建築風格、極其壯觀的大廳裡，柏拉圖與亞里斯多德在畫面中心的臺階上站立，手握卷帙侃侃而談。在他們的右側，蘇格拉底（Socrates）正

同他的追隨者們熱烈交換意見。在他們的下方，哲學家、數學家畢達哥拉斯（Pythagoras）正攤開書本，一邊在上面演算，一邊向學生講解「數是萬物本源」的道理。在這位賢哲身後，一些信仰希臘理性主義思想的學人正在奮筆疾書。在整個畫面的右下角，我們可以看到正在用圓規解說測量學的布拉曼蒂，我們還看到一位身穿白色袍服手持星球儀的哲人，他是古波斯的索羅亞斯德（Zoroaster），在伊斯蘭教誕生之前，索羅亞斯德創立的拜火教不但是古代波斯的國教，而且是在中東和西亞最有影響力的宗教，拜火教對於猶太教、基督教和伊斯蘭教都有深遠的影響。在畫面上，索羅亞斯德的對面是身著白袍白帽的索多瑪，索多瑪的右側，正是戴著黑色貝雷帽的拉斐爾本人。從這個小小的細節，我們可以了解到拉斐爾豁朗的宗教觀，以及教皇朱利阿斯二世對於世間宗教的包容心。還有，我們也能夠了解到拉斐爾與同事索多瑪之間融洽的關係。正是因為拉斐爾出現在羅馬，索多瑪在教廷的地位大幅下降，

《雅典學院》
The School of Athens，
1510-1511

這幅溼壁畫完成的時候，人們認為，這幅作品將西方聖賢們集於一堂，讓哲學與占星學、神學、數學、測量學和睦相處，將哲學的諸多寓意用栩栩如生的形象清楚地彰顯出來，是為曠世傑作。五百年來，論及文藝復興代表作，拉斐爾的《雅典學院》從未缺席。有關這幅作品的研究與論述更是異常的豐沛。

但是，處事圓融的拉斐爾就是有辦法化敵為友，保持人際間的和諧相處。

在畫面上，離觀者比較近的地方，臺階上仰臥著不修邊幅的哲人、無神論者第歐根尼（Diogenes），他完全不受宗教、禮節、社會習俗的約束，住在木桶裡，生活極簡；但他卻是真正的思想家，正是他將提倡「快樂主義」的伊壁鳩魯（Epicurus）思想同重視倫理、強調德行的斯多葛派（Stoicism）整合在一起的。畫面上，第歐根尼幾乎半裸，手上拿著文稿，正在細讀。拉斐爾創造如此栩栩如生的形象，其內心的仰慕之情值得我們細細揣摩。是的，拉斐爾一生重禮節、重儀表，從無放浪形骸的無拘無束，但他的內心，卻燃燒著渴求自由的熱望，我們只能從他的作品中有所感觸。

此時此刻，拉斐爾已經得到米開朗基羅的默許，在西斯汀禮拜堂的鷹架上，在米開朗基羅面前被這位獨行俠的才華絕倒，幾乎是跌坐在鷹架的木板上……。米開朗基羅

滿愉快的，他親眼看到了拉斐爾的震驚，他相信，拉斐爾從中學到了很多。

是的，拉斐爾學到了很多，他馬上捕捉到米開朗基羅賦予繪畫的力量，馬上學習到米開朗基羅簡約有力的筆觸如同雕刻刀一樣的精準。回到自己的溼壁畫前，拉斐爾在《雅典學院》離觀者最近的一個人物，哲人赫拉克利特（Heraclitus）的造型、面部表情、衣著方面用細膩的筆觸繪出了米開朗基羅的特徵。見過米開朗基羅的人們一眼能夠看出拉斐爾對這位藝術家的尊敬。米開朗基羅卻是在十多年以後，在拉斐爾已經辭世之後，有心無意地走進署名廳，才真切地感覺到拉斐爾的善意。一切都為時太晚，但是，當他繪製《最後的審判》的時候，執意建一堵新牆，卻是為了不忍鏟掉佩魯吉諾的舊作，因為他同一般人一樣以為佩魯吉諾是拉斐爾的老師。更有甚者，在米開朗基羅擔任聖彼得大教堂新堂總設計師的歲月裡，他推翻了許多前人的設計，卻留下了拉斐爾的設計。真正是遲來的無可

延續的惺惺相惜。一五一二年，米開朗基羅完成了西斯汀禮拜堂穹頂溼壁畫之後，二話不說，打馬返回佛羅倫薩。那時候，拉斐爾在教皇宮開始了另外一個廳的壁畫繪製，兩個星辰的軌跡沒有交會的可能。

　　沒有人真正知道，在拉斐爾看到《創世紀》局部的時候，他究竟從這些畫面裡接受了怎樣的訊息。但是，我們從他後來的作品裡能夠有所覺察。讓拉斐爾的內心受到沉重撞擊的是德爾菲女祭司的眼神。世界上沒有另外一個人在這樣近的距離與女祭司有過四目相接的瞬間。德爾菲女祭司的職責是傳達阿波羅的神諭。拉斐爾清楚地感覺到女祭司看到他的時候，將視線轉開臉上的表情充滿了悲憫。拉斐爾的震驚不僅在於女祭司看到了未來的悲慘世界，而且是她看到了拉斐爾本人的不幸。事業如日中天的拉斐爾，多金的拉斐爾，人見人愛的拉斐爾不是已經熬過了痛失雙親的不幸嗎，還會有甚麼樣的不幸在前方等待他？而且這不幸難道是不能躲閃、不能回避的嗎？

《法學之壁》

The Wall of Justice，1511

這面牆壁由三個畫面組成，拉斐爾在窗楣弧型畫面以最為優雅的筆觸歌頌了節制、堅忍與謹慎三美德，正是人們遵守法律所需要的品德。長窗左右兩側則是描述教會法與民法的誕生。後世人們觀賞這面牆壁之時，雖然能夠了解拉斐爾對當時的教皇朱利阿斯二世的尊敬，卻驚異於他竟然有先見之明，把後世教皇也放到了畫面上。歷代藝術史家也覺得這是一個充滿善意的無解之謎。

　夜間，冷汗淋漓的拉斐爾從朦朧昏睡中驚醒，清朗的月光透過窗帷照亮了臥室，命運三女神站在床前正低頭溫柔地看著自己。祂們微笑著，拉斐爾來不及有所表示，只見裙裾擺動，女神們飄然離去。此時，拉斐爾心頭掠過「時不我予」的震顫，披衣下床，點亮燭火，來到畫室，審視著署名廳最後一幅壁畫的草圖，信手增刪著此時此刻從心底湧到筆尖的線條。

　這幅名為《法學之壁》的溼壁畫是長窗上部的一個弧形畫面，與左右兩幅長方形畫面組成整個牆面，它的位置在《帕納蘇斯山》的正對面，成為這個廳的另一扇窗的窗楣與兩條邊框。與這三幅作品相對應的穹頂壁畫則是圓形畫面《法學》以及長方形畫面《所羅門王的判決》。至此，署名廳穹頂與四壁的繪畫完全地融為一體。

　弧形畫面以優雅的筆觸歌頌了節制、堅忍與謹慎三美德。在窗戶的右側，東羅馬帝國皇帝賈斯蒂尼安（Justinian）正在接受廷臣們修訂好的民法，是歷史故事

的真實再現。在另外一側，則是拉斐爾又一次革命性的創造。這幅畫的內容依據的是，教皇額我略九世（Pope Gregory IX）接受西班牙神學教授已經編撰成功的教令集這樣一段眾所周知的宗教歷史。但是，畫面上，教皇額我略九世的容顏卻是蓄了鬍鬚的教皇朱利阿斯二世慈祥、喜悅的面容。在基督教的歷史上，教皇額我略九世為教會的權威奮鬥終生，是一位英武的教皇。教皇朱利阿斯二世英勇善戰，為了記取義大利被法國、西班牙占領的恥辱而蓄鬚明志，有生之年為義大利的完全獨立奮戰不息。

我們可以想像，當教皇朱利阿斯二世步入署名廳看到這幅作品的時候，內心有著怎樣的感動與歡喜。他的第一個反應就是請席也納一位著名的鑲嵌細工，為整個廳堂的溼壁畫製作精細的鑲嵌嵌板作為裝飾。這個工程耗資巨大，教皇卻完全不在意，他熱切希望的就是把拉斐爾的作品永遠以最為高貴的形式保存下來……。

還有幾位教廷的重要人物對這幅溼壁畫非常的歡喜，

其中一位是後來的教皇利奧十世（Pope Leo X），他出身顯赫的佛羅倫薩梅迪奇（Medici）家族；另外一位是後來的教皇保祿三世，他出身顯赫的法內西（Farnese）家族。他們當時都是紅衣主教，卻在署名廳的畫作中站到了教皇身邊！這是多麼令人高興的事情啊，他們不動聲色陪在教皇身邊觀賞畫作，讓喜悅之情在內心湧動……。

與教皇、紅衣主教們關係密切的人們更是歡欣鼓舞，其中有席也納的望族基吉（Agostino Chigi），他不但是教皇寵信的銀行家，而且是文藝復興藝術品的著名收藏家，也是拉斐爾的朋友。他早已清楚地看到了拉斐爾的才華，他也非常欣賞拉斐爾的風度教養，千方百計重金邀請拉斐爾來到自家的宮殿中作畫。然而，重承諾的拉斐爾必須完成教廷的委託，絕對不敢分心，直到一五一一年，梵諦岡署名廳溼壁畫全部完工才抽出時間來為基吉作畫。

在教皇宮裡，教皇朱利阿斯二世親切地召見了拉斐爾，請他轉入另外一個廳堂，繼續在教皇私邸繪製壁畫。

因為教皇實在想不出更好的辦法來表達他內心的情感，欣賞、感激、熱愛。

這一天，拉斐爾衣著得體地站在教皇面前，很誠摯地說出了創作過程中的實在情形。原來，《法學之壁》的三個畫面之中，只有上面那幅〈三美德〉百分之百是拉斐爾的手筆。兩側的畫幅，確實是拉斐爾的設計，但是線條移轉到牆壁上之後，助手們在拉斐爾的指示下做了許多工作，「關鍵的細部是我親手繪製，其他的部分多是助手們的功勞，他們全力以赴，效果還不錯……。當然，最後的審視與修訂是必須由我自己來完成的……」拉斐爾坦誠相告。

教皇完全沒有怪罪他的意思，兩年時間，整個廳堂穹頂與四壁的精采完成，應當說是很有效率的了。他看著拉斐爾，覺得這個年輕人欲語還休，便親切地鼓勵他，「你有甚麼願望，不妨直說。」

拉斐爾上前一步，單膝跪地，仰望著教皇，澄澈的眼

睛裡瀰漫起一層水霧，「我希望有這個榮幸，為您繪製一幅個人肖像……」。教皇朱利阿斯二世滿心喜悅，微笑著，伸出雙手，拉斐爾就勢在他手上放上兩幅草圖，一幅是側面的，一幅是正面的，教皇的面容威嚴中不失和藹，更重要的，這是一副睿智的、胸有成竹的面容。教皇第一次面對自己的肖像，雖然只是精細的速寫，還是維妙維肖。教皇由衷地笑了，他微笑著告訴拉斐爾，他自己特別中意側面這一幅，希望將來的鑲板油畫畫出他的側面。至於另外一幅草圖，教皇準備自己收藏起來留作紀念，於是拉斐爾在那幅草圖上簽了名，捲好，鄭重交給教皇。

「我的孩子，」教皇也直話直說，「我老了，無力身著全副行頭久坐，我不會是個好的模特兒……」拉斐爾很誠懇地跟教皇說，「您請寬心，這幅作品在我心裡已經成形……」如此的善解人意，如此的技巧高超，如此的信心十足，教皇心裡無比熨貼。

一五一二年，這幅作品在羅馬聖母瑪利亞波波洛大教

堂隆重展出八天，羅馬市萬人空巷，爭相前往這座教堂，欣賞這幅栩栩如生的作品。教皇本人在廷臣簇擁下也來到了大教堂，教皇本人同畫像是這樣的相似，讓圍觀的群眾激動不已，歡呼聲此起彼落。這幅作品也讓教皇身邊的廷臣們震驚不已，因為只有他們知道，拉斐爾從未請教皇端坐不動……，他是靠與教皇的近距離接觸捕捉到教皇的神情而訴諸於畫面的……。

我們都知道，溼壁畫是義大利文藝復興時期重要的表徵，對於溼壁畫的研究是歷代藝術史家重要的功課。我們要想知道拉斐爾的溼壁畫成就，可以從《紐約時報》學者卡納德（John Canaday）的研究成果中看出一些端倪。首先是喬托一三〇五年在義大利北部帕多瓦（Padua）阿瑞納禮拜堂（Arena chapel）的創作揭開了革命性的序幕。接下來是馬薩契奧一四二七年在佛羅倫薩的布冉卡契禮拜堂（Brancacci chapel）的精采建樹，然後是弗朗西斯卡從一四五二年到一四六六年，耗時十四年在托斯卡尼的阿瑞

《教皇朱利阿斯二世肖像》

Pope Julius II，1512

這幅鑲板油畫是文藝復興巔峰期個人肖像之代表作，數百年來備受尊崇。教皇朱利阿斯二世坐在綠色房間的一角，椅背上的旋鈕裝飾著橡實花紋，彰顯出羅維雷家族的榮耀。教皇的紅色袍服與整潔的白色鬍鬚、有皺褶的白色衣衫、手中握著的白色手帕融成莊重、和諧的整體，教皇堅定、深邃、孤獨的眼神賦予畫中人物巨大的精神力量。

佐（Arezzo）建立的豐功偉績。之後，便是拉斐爾一五〇九年到一五一一年在梵諦岡署名廳留下的神聖與美好，以及米開朗基羅從一五〇八年到一五一二年在梵諦岡西斯汀禮拜堂穹頂創造的絕世輝煌。卡納德論斷，至此，歷經兩百餘年的溼壁畫之燦爛的顛峰期便宣告結束了。

　　真的如此嗎？

10

　一五○八年，基吉在臺伯河西岸買了一棟占地廣闊的別墅，若是將這個地方同聖天使堡（Castel Sant'Angelo）之間劃一條直線，再從聖天使堡垂直地向西劃一條直線，正好直達梵諦岡。這樣一個三角地自然是羅馬相當繁榮的地帶。來自席也納的畫家、建築設計師佩魯齊（Baldassare Peruzzi）設計了這所房子。

　基吉雖然買了別墅，但是總覺得設計師過於平庸，房子過於簡單，不怎麼稱心。於是請拉斐爾來做些設計方面的修改，當然，基吉最期待的還是希望拉斐爾肯為這所別墅作畫，雖然他已經請了佩魯齊、來自威尼斯的塞巴斯蒂阿諾（Sebastiano del Piombo），以及索多瑪和一堆羅馬畫家來幫忙，仍然不是很滿意。一五一一年，梵諦岡署名廳壁畫完

成，拉斐爾開始為另外一個廳堂設計草圖，就在這個短暫的空隙裡，拉斐爾終於騰出時間來到基吉的別墅，不但提出建築方面的改進意見，甚至還為這個別墅設計了庭園，基吉憂慮黎巴嫩香柏數量不足，拉斐爾建議栽種挺拔高聳的義大利柏，讓基吉大為高興。他想，拉斐爾就是不凡，對付任何難題都有獨特而可行的辦法。

這一天，拉斐爾從基吉的別墅騎馬抄近路返回距離梵諦岡不遠的畫坊，忽見前路上雞飛狗跳塵土飛揚，原來是一家家禽店鋪的天鵝不知怎地跑了出來，被束縛過久的高大天鵝憤怒地奔跑著、忽搧著巨大的翅膀嘎嘎叫著，店鋪裡的人們追了出來撲騰著雙手企圖攔截，天鵝們更加生氣，鬧騰得更加厲害，路上一團糟，拉斐爾只好拉住韁繩停下來，靜觀待變。

一位身穿米色長裙、體態婀娜、面容姣好的少女輕盈地從一家麵包店閃出身來，快步走向天鵝，伸出雙手輕拍天鵝的項背，憤怒的天鵝一下子沒了脾氣，用牠們的頭摩挲著少

女的手，唧唧喳喳訴說著牠們的委屈。少女微笑著傾聽，引領著天鵝們魚貫走進家禽店鋪的後門，一場不大不小的風波就此平息。

拉斐爾呆呆騎在馬上，喃喃出聲，麗達！麗達與天鵝……。

家禽店的主人親自送出門來，千恩萬謝。少女羞紅了臉，一路小跑奔回麵包店，店門在她身後無聲地關上。拉斐爾不能讓那倩影就此消失，於是將馬韁繩繫在麵包店前的燈柱上，打開門，新鮮麵包的香味撲面而來，他微笑著走進了麵包店的廳堂。

少女用粗白布捧著幾隻剛剛出爐的麵包，擺上櫃檯旁邊的麵包架。架子很高，少女踮起腳尖熟練地動作著，姿態曼妙。

拉斐爾收回視線，走近櫃檯，和顏悅色地買了兩三種麵包，少女一邊將麵包包好，一邊偷眼瞧著這位風度翩翩的客人，粉紅色的面頰上盪漾著笑意。

「你叫甚麼名字？」拉斐爾問。少女掙扎了一下，唇線優美的小嘴裡吐出一個句子，「我是麵包師的女兒。」拉斐爾的眼睛裡滿是喜悅，他輕聲重複，「啊，美麗的Fornarina⋯⋯」。從此，拉斐爾的生命裡有了麵包師的女兒、美麗單純的芙爾納瑞娜。

拉斐爾走出店門，在心裡估算了一下距離，毫無疑問，此地距離基吉的別墅比自己的畫坊近得多，於是他打馬回到基吉的別墅。基吉看到他捧著一堆麵包走進來，大喜過望，擁抱著朋友，「這麼快就回來了，有甚麼新點子嗎？」拉斐爾笑著把麵包塞到朋友手裡，「我要為你的別墅畫一幅畫⋯⋯」基吉高興得跳了起來，麵包滾落到桌子上，散發著熱氣騰騰的香味。

這一幕被基吉家裡的女眷們看到，她們交頭接耳，「拉斐爾一定是愛上了甚麼人，你們看到沒有，他笑得多燦爛⋯⋯」

女人們心思細密，很快就發現她們的觀察完全是對的。

果真，拉斐爾陷入了熱戀中。

　　在基吉別墅的高大廳堂裡，拉斐爾的助手們在美麗的拼花地板上鋪了白布，放上細心包裝的顏料罐、畫筆；附近，塞巴斯蒂阿諾的助手們直接將顏料桶放在骯髒的抹布上、堆在地板上。拉斐爾同他的助手們身上的工作圍單都是白色的，塞巴斯蒂阿諾同他的助手們的圍單已經分不出顏色。兩位畫家的助手們各自瞪著對方，如同參加某種競賽的選手。拉斐爾同小他三歲的塞巴斯蒂阿諾初次見面，他不動聲色地問候了對方就開始工作。一天下來，拉斐爾的牆面附近纖塵不染，塞巴斯蒂阿諾那邊好像是五顏六色的垃圾堆，引發基吉家的清潔女工怨聲載道。塞巴斯蒂阿諾聽到女工們故意地大聲說話，「拉斐爾大師在教皇的圖書室作畫，養成了好習慣，任何時候都乾乾淨淨……」心裡大為嫉妒，恨得牙癢，卻不好作聲，因為拉斐爾一出現二話不說馬上投身工作，工作一結束便不見人影，想找他麻煩還真不容易。

　　基吉納悶，這拉斐爾總是不知去了哪裡，想跟他談談

都難，豈非怪事？女人們告訴他，拉斐爾正在熱戀中，正在對芙爾納瑞娜展開熱烈的追求。在義大利文裡，「麵包師的女兒」的發音正是「芙爾納瑞娜」。基吉開心地笑了，跟身邊的女人們說，「想辦法把這位美人弄到別墅裡來，安排一間靜室給她住，好好照顧她穿衣、吃飯、出行、休閒。啊，對了，還要告訴廚房，好好照顧她家的麵包生意。如此，拉斐爾才能專心作畫。」女人們閒得無聊，得到這樣有趣的任務，自然全力以赴。

拉斐爾正在別墅裡作畫，兩位衣著華麗的女子乘坐著基吉的馬車來到麵包店，同麵包師有一番非常得體的談話，基吉庭園的天鵝需要一位管理，芙爾納瑞娜是最佳人選……。毫無疑問，基吉是大名鼎鼎的銀行家，在他的庭園管理天鵝自然是酬勞豐厚，而且自家的麵包也有了最好的主顧……。麵包師欣然應允，親自送女兒登上了基吉家的馬車。

拉斐爾好不容易結束了這一天的工作，正準備上馬趕往麵包店，忽然聽到庭院中唧唧喳喳的天鵝咕噥聲，仔細看

去，那美麗的倩影在花叢中忽隱忽現。拉斐爾丟下韁繩大步奔過去，輕聲喚道，「噢，親愛的麗達……」少女停下腳步，笑著問道，「誰是麗達？」拉斐爾深情款款地答道，「那是希臘神話裡的一位美女，達文西在一幅畫裡讓我們看到她的倩影……」

就在這樣甜美的氛圍裡，在基吉的別墅裡，拉斐爾創作了他第一幅以神話為依據的作品，也是在他的創作中受達文西神祕畫風影響最深刻的作品。當然，心上人就在身邊所帶來的歡愉更是為這幅作品添加了魅力，這幅作品就是《葛拉蒂亞》。

在希臘神話裡，海神尼雷厄斯（Nereus）有五十位女兒，其中一位格外美麗的叫做葛拉蒂亞（Galatea）。海上精靈葛拉蒂亞經過一番磨難成為海上女神，主掌平息驚濤駭浪的職司，為浩瀚的大海帶來祥和……。

在羅馬神話裡，一位雕塑藝術家崇拜美神維納斯（Venus），用石頭雕出一位美麗的女子來表達他對維納斯的

《葛拉蒂亞》

Galatea，1511-1512

這幅以神話為依據的溼壁畫筆力萬鈞，極具動感，張力十足。震撼人心的畫面一反拉斐爾優雅溫婉的風格。作品吸納了達文西的神祕畫風，更受到了米開朗基羅賦予畫中人物巨大力量的影響，開始了拉斐爾後來一系列作品沉穩有力的風格。作品熱情謳歌了美的力量、謳歌了至死不渝的愛情，數百年來，備受讚譽。

敬意。這石雕不但美麗而且栩栩如生。藝術家愛上了這座石雕，為「她」穿衣，在「她」周圍擺滿鮮花，叫「她」葛拉蒂亞，意思是「睡夢中的美人」，熱烈地期盼著美人能夠甦醒過來同自己相親相愛地過日子。藝術家的願望萬分強烈，感動了美神維納斯和愛神邱比特（Cupid），祂們利用神力使得石雕復活，從此葛拉蒂亞與藝術家過著幸福快樂的日子……。

拉斐爾熟悉古代神話，但他沒有採用古羅馬的版本，也沒有完全採用古希臘的版本，在他的心目中，美麗的女神葛拉蒂亞充滿力量地行進在大海上，整個畫面應當是歡樂的、激昂的，同時又是神祕的，引人遐思的。於是，拉斐爾筆下的葛拉蒂亞站立在一個巨大的螺殼上，駕馭著兩條壯碩的海豚在海上飛奔。極有趣的，百忙中，一條海豚把一隻奮力掙扎的八爪魚啣在嘴裡，為畫面增添了喜劇效果。女神周圍簇擁著許多的人魚、海上精靈甚至半人馬，歡騰的氣氛非常之熱烈。空中的小愛神們彎弓搭箭正在尋找目標，雲端上方，

邱比特忽隱忽現。葛拉蒂亞紅色的披風、金色的秀髮被海風揚起如同風帆，如同勝利的旌旗，祂抬頭望著雲端中的愛神，表情似笑非笑，滿是神祕。

《葛拉蒂亞》的完成引發轟動，人們愛極了美麗的海上女神，紛紛探問不知畫家選用的模特兒是誰，拉斐爾坦然相告，沒有模特兒，在他心目中「葛拉蒂亞的形象應當就是這個樣子」。

基吉欣喜若狂，為這個大廳命名「葛拉蒂亞」廳。一五七七年，一位法內西家族的紅衣主教買下了這座別墅，別墅易名為法爾內西納別墅（Villa Farnesina），葛拉蒂亞廳不但很好地保存了下來，而且沒有易名，數百年來屹立不搖，仍然是文藝復興的聖地。

塞巴斯蒂阿諾沒有從中學習到很多，拉斐爾逝後，他以為自己的機會來了，他將成為羅馬位居第一的繪畫大師，但是他一反文藝復興的平易近人，作品陰暗、晦澀，並沒有得到顯著的成功，最終被後世藝術史家們歸類為所謂的矯飾主

義（Mannerism）畫家。同是威尼斯畫家的提香卻從拉斐爾的
《葛拉蒂亞》得到啟發，拉斐爾逝世後不久便推出優秀的作
品，以神話為依據，且張力十足。人們看到了，都會聯想到
拉斐爾筆下精采的葛拉蒂亞。

　　至於基吉別墅原來的設計師佩魯齊卻因為拉斐爾的英
年早逝而大大受惠了。他繼任拉斐爾擔當了聖彼得大教堂新
堂的總設計師，他改動了布拉曼蒂早先的整體設計，但是他
最終完成了大教堂裡的老講壇，那個布拉曼蒂設計的用白榴
擬灰岩裝飾的美麗講壇，作彌撒的時候，教皇同紅衣主教可
以站在那裡。一五二七年五月，既不神聖、也非羅馬，甚
至不是帝國的「神聖羅馬帝國」皇帝，西班牙的查理五世
（Charles V, Holy Roman Emperor）在西班牙與法國的爭霸戰
中，因為教皇偏袒法國而進攻義大利、掠走教皇、致使羅馬
陷落並遭到殘酷的劫掠，大量的藝術品被焚毀，大量藝術家
死於非命。文藝復興從此步上了衰落之途。此時，佩魯齊逃
離羅馬，回到他的故鄉席也納。浩劫過去之後，羅馬復建，

《埃利奧多羅被逐出神殿》

The Expulsion of Heliodorus from the Temple，1512

與靜謐、深刻的《雅典學院》大為不同，拉斐爾賦予這幅作品巨大的情感，激越流暢的人物動作、複雜多變的人物表情、明快俐落的節奏、扣人心弦的戲劇性，以及比較沉重、濃郁的色彩。神對教會的眷顧得到彰顯，異教與基督教在繪畫藝術裡相得益彰，正是文藝復興巔峰期的重要表徵。

聖彼得大教堂有了新的設計師，這是後話。

　　一五一二年，愛情事業兩得意的拉斐爾已經遵照教皇朱利阿斯二世的委託，投身署名廳東側埃利奧多羅廳（Stanza di Eliodoro）的繪畫工程。亦師亦友的同鄉布拉曼蒂卻走到了人生的黃昏，他相信，教皇朱利阿斯二世會把大教堂新堂的建

築設計工程交給拉斐爾，因此在病榻上仍然殷殷囑託。是布拉曼蒂將拉斐爾帶到了羅馬，拉斐爾對布拉曼蒂感情很深，但是他也清楚地知道，布拉曼蒂設計的大教堂過於宏大，繼任者必定要縮小工程，改動勢在難免。但他沒有說甚麼，只是要老友寬心……。

更加令人不放心的是，風燭殘年的教皇朱利阿斯二世病得不輕，也已經走到了生命的盡頭，但他畢竟看到了拉斐爾為埃利奧多羅廳繪製的四幅壁畫與穹頂的草圖，也看到了大型溼壁畫《埃利奧多羅被逐出神殿》的完成。教皇朱利阿斯二世在這幅畫裡不但看到了自己，還看到了在抬輦的人中，走在右前方的正是蓄鬚的拉斐爾。看到這樣的畫面，教皇忍不住從座椅裡抬起身來，緊緊抓住拉斐爾的手，搖了又搖……。

這個廳堂無論從前叫做甚麼，當第一幅溼壁畫《埃利奧多羅被逐出神殿》出現在牆壁上的時候，這個廳就被命名為埃利奧多羅廳，數百年來沒有改變。

　　根據《聖經・舊約》的記敘，埃利奧多羅遵照敘利亞國王的命令，前來耶路撒冷神殿徵稅，褻瀆了神殿，教士懇請上天的懲罰，將這個罪人趕出去。於是，我們看到了這樣的畫面，在神聖殿堂中央的祭壇一側，教士正虔誠祈禱。畫面右側，神的使者騎著雪白的戰馬憤怒地從天而降，不但將埃利奧多羅擊倒在地，而且白馬的前蹄正凶猛地踏向這個罪人。畫面左側，教皇朱利阿斯二世坐在輦席上，神色端凝地看著神以暴力懲罰有罪之人。輦夫之一，是身穿灰色長衣、蓄了短鬚的拉斐爾本人，面容端肅，隱含著不捨的神情。他所不捨的是待他極厚的教皇朱利阿斯二世。

　　在一扇窗的窗楣上，拉斐爾繪製了一個神蹟的發生，這就是《博爾塞納彌撒》。

　　相傳，西元一二六三年，在義大利小鎮博爾塞納，一位牧師在主持彌撒的時候，目睹鮮血自祭品中流出，見證了聖餐變體的神蹟。教宗烏爾班四世（Pope Urban IV）為博爾塞納彌撒顯聖舉辦了莊嚴的慶典。

《博爾塞納彌撒》
The Mass at Bolsena，1512

這幅溼壁畫的構圖長時間地影響著後輩藝術家。無論建築多麼「彆扭」，在構圖上會帶來怎樣的困境，拉斐爾都能巧妙地排除障礙，繪製出最為理想的畫面。由於畫面中線的移動，祭壇左側三分之一的部分正好就在畫面中心最醒目之處，也就是聖餐變體顯現之處。畫面的色彩也被推崇，威尼斯畫派運用色彩的高超技巧，在拉斐爾筆下展現其輝煌的同時，被賦予了更深沉的莊重。

　　一五一二年，在與法國的戰爭中遭到挫敗的教皇朱利阿斯二世，以其堅定的意志成功地召集了天主教第五次拉特蘭會議（Fifth Lateran Council）。這次會議延續五年，由教皇朱利阿斯二世發起，由他的繼承者教皇利奧十世完成。教皇朱利阿斯二世在會議揭幕的盛大慶典中歡呼教會的勝利，重申

靈魂的不朽，呼籲基督教國家之間停止戰爭恢復和平。

　　歷史與現實的巧妙契合給予拉斐爾極為豐沛的靈感，在繪製過程中，他對於不久於人世的教皇朱利阿斯二世表達出一片赤子之心。瑞士天主教騎士英勇善戰對教廷忠心耿耿，教皇朱利阿斯二世一五〇三年登基之時，便招募了兩百位瑞士勇者以保衛教廷安全。一五〇六年，教皇首創宗座瑞士近衛隊（Pontifical Swiss Guard），瑞士天主教戰士成軍，成為世界上最小、最頑強的一支軍事力量。日後的紅黃藍三色制服據說是米開朗基羅的設計，但是一五一二年拉斐爾繪製這幅溼壁畫的時候，衛隊戰士的服飾尚未統一。拉斐爾將自己畫成佩劍的衛隊戰士之一。畫面右側下方，其他的戰士們注視著彌撒的進行，唯獨拉斐爾面對觀畫者，表現出他的胸中丘壑更為複雜與沉重。

　　畫面將窗楣與窗框連為一體，由於窗框的一側比較寬、一側比較狹窄，因此大窗中線並非畫面中線。畫面中線以整堵牆面的中線為準，在視覺上帶來極為莊重、堅實的感覺。

畫面左側信眾們面對神蹟興奮無比，唯獨臺階下一位身穿深藍衣服的女孩望著觀畫者，眼睛裡有著憂傷，她是教皇朱利阿斯二世的親人。畫面左側的藍衣女孩與畫面右側的拉斐爾不但形成一種視覺上的對稱，而且表達出他們兩人對教皇的共同情感。畫面右側上方，神職人員面容端肅潛心禱告，同畫面左側的信眾形成了鮮明的對比。拉斐爾將教皇朱利阿斯二世親戚們的面容賦予畫中的神職人員。幾乎是預言，這是一個告別的場面，甚至是一個追懷的場面，永久地提醒著人們教皇朱利阿斯二世為教會的尊榮奮鬥不息的作為。畫面中心，祭壇右側的教皇跪在拜墊上，雙手合十，目光堅定，正在協助牧師完成彌撒。牧師手中的祭餅上，鮮血正在滴落。

在另外一面特別陰暗的牆上，拉斐爾展示了他精湛的繪畫技巧以及他善用最不合宜的場地，創作出最為傑出作品的超凡能力，這幅作品就是著名的《解救聖彼得》。許多藝術史家認為，如果在藝術史的長河裡為每一位畫家選一幅作品作為他的代表作，許多人會選擇這幅作品，而不是拉斐爾無

比優美的聖母畫像、甚至不是他那許多重要的、含意深邃的人物肖像。這幅作品也打破了人們對於溼壁畫的研究結論。米開朗基羅的西斯汀穹頂畫之後，還有拉斐爾的《解救聖彼得》，最為上乘的溼壁畫還沒有走到終點。

《使徒行傳》第十二章記敘了一個著名的故事，希律王亞基帕一世（Herod Agrippa）將聖彼得（St. Peter）囚禁在監牢裡，準備在逾越節後當眾殺害。神派遣天使在深夜裡將祂救了出來。

在埃利奧多羅廳，在溼壁畫《博爾塞納彌撒》的正對面，長窗被鑲嵌其中的這面牆壁光線特別黝暗，牆面凹凸不平，完全不適於作畫。拉斐爾在繪製前兩幅畫作的時候，就已經指示助手用灰漿將這面牆壁仔細磨平，他準備在這面牆上做一場實驗，依靠畫面明暗的強烈對比來照亮這個角落。拉斐爾對羅馬古蹟孜孜不倦的走訪、觀察、研究，給了他足夠的素材來實踐這一場實驗。

在每天結束這個廳的工作之後，他都會踱到這面牆的前

《解救聖彼得》
The Liberation of St. Peter，1513-1514

在拉斐爾豐沛的繪畫作品中，這幅溼壁畫有著崇高的地位。為了整體的需要，拉斐爾將作畫的牆壁垂直地分為三部分，兩側窗框被延長至頂，窗楣縮小，卻極為強烈地突出了解救的主題。獄牆一側加強了陰暗、暴戾的氛圍，獄門一側則加強了祥和的光輝，形成了極富戲劇性、有著連貫故事性的三個畫面。

面，仔細檢視助手們的工作，對牆面的平整嚴格要求。助手們離去之後，他還會繼續一個人靜靜地面對灰色的潮溼的牆壁，良久，鋪開草圖，再做進一步的細緻修改。

任何前輩藝術家的傑作在這個時候都派不上用場，他必

須創造出完全屬於他自己的一個明暗設計，讓這幅作品永遠地照亮此地。

畫面由監獄厚重的牆壁分成三個部分，窗櫺中心也是畫面正中心，首先映入眼簾的是堅固的鐵欄，鐵欄後面是被鐵鍊銬住坐在地上的聖彼得。祂的兩邊是撐著長矛睡著了的兩個士兵。聖彼得的臉、士兵的盔甲都被一團祥光照亮了，祥光中的天使振翅降落，正滿臉關切地彎身輕觸聖彼得，將祂喚醒。

監獄厚重的牆壁一側，獄門外，聖彼得在天使引導下走出監獄，臉上滿是不可置信的表情。平靜而篤定的天使依然被祥光籠罩，金紅色的衣裾、金色的秀髮增加了畫面上部的暖意。祂們腳下的陰影中，兩名看守士兵橫躺豎臥。在《使徒行傳》中，希律王的看守士兵是四人一組輪值。拉斐爾忠實還原書中場景，囚室內外共有四名兵士。畫面另外一側，獄牆外，月光下，也有四名兵士，其中一個執火把的正在厲聲喚醒其他三個衣衫不整的，叫他們趕緊著裝前去換班。慘

澹的月光無法讓我們認清兵士的面目，那支火把卻照亮了冰冷的臺階以及倒臥其上的兵士驚慌失措的臉。

拉斐爾畫坊的畫家們、助手們親眼看到這幅傑作的完成，無不讚嘆構圖之精妙，明暗對比之對稱、和諧、自然，人物表情之精準。

這幅作品的繪製過程中，教廷經過了改朝換代的輕微動盪。西元一五一三年二月二十一日，教皇朱利阿斯二世駕崩，三月上旬，教皇利奧十世登基。

11

　　活躍於羅馬教廷的拉斐爾在教廷的改朝換代中沒有受到任何負面影響，一方面是新教皇利奧十世同拉斐爾情誼深厚並非陌生人，一方面是因為拉斐爾非常的忙碌。除了教皇私邸埃利奧多羅廳的繪製工程之外，他還有很多其他的委託需要付出時間與精力。

　　基吉懇請拉斐爾為羅馬聖母瑪利亞大教堂（Santa Maria della Pace）裡自家禮拜堂一個極為難辦的牆面繪製溼壁畫，題材最好是女祭司。拉斐爾忙得不亦樂乎，暫時抽不出時間，但是他知道，這件事情他非做不可。不只是為了好友基吉，隔著臺伯河與聖天使堡遙遙相對的聖母瑪利亞大教堂是布拉曼蒂設計的，在這位老朋友病入膏肓的時候，拉斐爾就來到了這座教堂，仔細研究了基吉禮拜堂拱門之上的這面牆

壁，開始設計以女祭司為主題的這幅溼壁畫。毫無疑問，挑戰是非常明顯的，這面牆壁的下方是一個弧形，牆面坑窪不平，面積不大，工程不小。最早，拉斐爾想到的是女祭司芙瑞吉亞（Phrygian Sibyl），她應當是來自愛琴海東岸的女預言家。在拉斐爾看過米開朗基羅在西斯汀禮拜堂穹頂繪製的德爾菲女祭司之後，就順手為這位女預言家繪製了一張草圖。

只有一位女祭司是不能完成這幅溼壁畫的，於是畫面上出現了引領特洛伊王子伊尼亞斯（Aeneas）在特洛伊陷落之後，長

素描《女祭司芙瑞吉亞》
Study for Phrygian Sibyl，1511

這幅素描本身來自三個因素，一是傳說中來自愛琴海東岸傳達阿波羅神諭的女預言家芙瑞吉亞，一是來自米開朗基羅在西斯汀禮拜堂穹頂繪製的德爾菲女祭司。兩者在拉斐爾的意識中漸漸合一，產生了第三個最重要的因素，拉斐爾自己的理解與自己的風格。於是，這個形象變得不容易識別，她保留了傳說中的髮飾，卻有著希臘女神的服裝，她是強健有力的，卻也是優雅、睿智而美麗。這個形象被如實地繪製到一五一四年完成的溼壁畫中。

《四位女祭司》
Four Sibyls，1513-1514

這幅溼壁畫的位置在基吉禮拜堂一座拱門的上方，要求構圖方面的特別設計。拉斐爾不但在構圖、色彩方面大獲全勝，而且他巧妙運用從米開朗基羅那裡學習到的觀念、技巧以形成他自己的獨特風格，優美浪漫的韻致適度地掩蓋住睿智與力量。這幅充滿戲劇張力的作品數百年來都是藝術史家研習的對象。至於繪畫後面隱藏的溫馨故事，卻鮮少有人知道。

途跋涉終於建國羅馬的女祭司庫邁亞（Cumaean）；出現了預告了亞歷山大大帝彪炳軍事勝利的巴比倫女祭司珀爾希（Persian）；還出現了年老體衰、憔悴不堪的古羅馬女祭司提波亭（Tiburting），她被自己預見的世界燬於大火的末日

景觀嚇壞了，恐懼之情溢於言表。四位神情各異的著名女祭司之外，還有美麗的天使或飛翔其上或穿梭其間，構成了極為精采、華麗的畫面。

接受委託的時候，基吉的司庫付給拉斐爾五百金幣，拉斐爾認為那只是預付款。畫作完成，未見那司庫再送錢來，拉斐爾不得不差人到基吉別墅去問一下，得到的回答竟然是「五百金幣即是這幅作品的全部潤筆費」。拉斐爾於是親自出馬去找那司庫，要求四百金幣的後續款項。司庫大為緊張，說是沒有這個道理，並且表示要找有聲望的藝術家來做個評斷。拉斐爾欣然同意。心思細密的司庫心想，風傳脾氣孤傲的米開朗基羅不待見拉斐爾，找這位大師來評理，自己一定占上風，而且無巧不巧的，米開朗基羅正在羅馬同已故老教皇朱利阿斯二世的族人簽約，正好可以請他來做個公斷。拉斐爾還是欣然同意，「米開朗基羅是偉大的藝術家，為人公正，請他來評斷，再好不過。」一番話鬧得司庫忐忑不安，只好硬著頭皮去請米開朗基羅。

　　聽到司庫細說原委，「拉斐爾」這個名字並沒有對米開朗基羅產生任何影響，他只是對「女祭司」這個題材有興趣，二話不說跟著司庫來到了聖母瑪利亞大教堂。踏進基吉的小禮拜堂，米開朗基羅馬上被拱門上方的繪畫吸引，尤其是珀爾希女祭司，自己在西斯汀穹頂也畫過，自己的女祭司背對觀者，拉斐爾這一位卻是露出了側面，有意思，很有意思……。他根本沒有看見拉斐爾正站在不遠處，很開心地看著自己。

　　司庫關心的是錢，急急地問，「您覺得怎麼樣……」米開朗基羅這才想起自己來這裡是要做出評斷的，於是他向司庫豎起四根手指，鄭重說道，「四位女祭司，每一個頭都值一百金幣。」司庫聽罷抬腳就走，直接奔去向基吉報告，留下米開朗基羅同拉斐爾在小禮拜堂敘舊……。

　　基吉聽了司庫斷斷續續忐忑不安的報告，大聲笑了，很親切地跟司庫說，「你趕快送四百金幣給拉斐爾，態度要非常的謙和，千萬不要把事情搞砸了……」司庫領命奔了出

《聖西斯篤聖母》

Madonna di San Sisto，又名《西斯汀聖母》*The Sistine Madonna*，1512

拉斐爾賦予這幅作品以神祕氛圍，使其成為世界上唯一能夠媲美《蒙娜麗莎》的文藝復興顛峰期繪畫傑作。不僅是聖子的亂髮與悸動的眼神啟人疑竇，聖母眼神中的緊張以及祂緊緊抱住聖子的動作都引發歷代觀者的思慮。

顛沛流離的歲月使得畫作上方出現缺失，卻絲毫沒有影響到作品的鮮活如昔，拉斐爾在創作過程中所運用的畫布處理、顏料的選擇與調製，特別是聖母藍色披風上的白色以及聖芭芭拉衣飾上的金色，一直是專家們、藝術家們研習的對象、試圖仿效的範例。

去，基吉還在那裡大笑不止⋯⋯。

教皇思道四世在西元十五世紀出資建造梵諦岡西斯汀禮拜堂，禮拜堂因為這位教皇而得名。他也是一位藝術品收藏家，文藝復興早期的藝術品經過這位教皇的細心蒐集，大部分來到了羅馬。他的姪子便是教皇朱利阿斯二世。一五一二年，教皇的健康情形已經不是很好，他時常思念著自己家族的前輩，由思道四世想到千年以前的思道二世（Pope Sixtus II），也就是著名的殉教聖人聖西斯篤（San Sisto）而夜不能寐。義大利北部帕森察（Piacenza）地方有一座聖西斯篤修道院，自西元九世紀起便蒐集珍藏聖西斯篤與聖芭芭拉（St. Barbara）遺留的聖物。

教皇朱利阿斯二世知道拉斐爾很忙，梵諦岡埃利奧多

羅廳的裝飾工程正在緊鑼密鼓地展開，但他心心念念著聖西斯篤修道院，希望拉斐爾為這座修道院畫一幅祭壇畫。教皇英雄一世，絕少懇請別人幫忙，聰慧的拉斐爾看出教皇的猶豫不決便主動請纓，很誠懇地請問教皇自己有無可以效力之處。如此善解人意，讓教皇放下心來，娓娓道出自己的想望……。

拉斐爾給助手們交代了該繼續進行的工程，日夜兼程趕往帕森察，實地踏勘這座修道院。院長與修士、修女們將他視為教皇的使者，親切周到地接待了他，帶他巡視了修道院的整體建築，並且告訴拉斐爾，他要繪製的祭壇畫將被置放在修道院教堂的神龕之上……，那最為尊貴的位置。將來，修道院會擴建成一座雄偉的羅馬天主教教堂，拉斐爾的作品必定會置放在新教堂的祭壇之上，仍然是最為尊貴的位置……。

入夜，拉斐爾在修道院整潔的客房裡繪製草圖，大雨將臨，閃電與雷聲將拉斐爾引領到教堂，他站在敞開的門

口，閃電將殿堂照射得有如白晝，他信步走到神龕下，抬頭仰望那個很快就要置放祭壇畫的位置，非常的滿意。他轉過身來，準備循原路回房間去，一個霹靂，直立著的閃電照亮了對面的牆壁，巨大的十字架正凌空面對著他，十字架所代表的苦難與死亡在瞬間讓拉斐爾感覺震懾，這個感覺深深入心，再也無法挪移。

返回羅馬，白天的工程結束之後，拉斐爾投身聖西斯篤修道院祭壇畫，這是一幅油畫。連畫布的準備功夫拉斐爾都不肯假手於人。草圖上，帷幕開啟，聖母抱著聖子在祥風的吹拂中正從雲端降落；面容酷似教皇朱利阿斯二世的聖西斯篤，身著教皇長袍正在歡喜迎接聖母子，他的身側有著象徵羅維雷家族的橡實裝飾；聖芭芭拉眼眉低垂表達出喜悅、和順與恭敬。她的身側是有著三扇窗的高塔，清楚標示出她即是聖芭芭拉。草圖上方，天父正從祥雲中俯視下界，聖靈們關切地凝望著。畫面下方祥雲中，兩位小天使思慮重重擋在聖母子前方欲語還休……。

教皇朱利阿斯二世看到草圖上湧動著的神性，心境大寬，他笑著對拉斐爾說，「看到這幅畫，我的病也好了幾分。也許，上帝樂意再給我幾年，把西班牙人澈底趕出去……」

但是，無論如何，拉斐爾在那個雨夜，在聖西斯篤修道院教堂裡看到的景象揮之不去。拉斐爾知道，那是成就一幅意涵深刻的傑作不可缺少的情感因素，他只能順其自然。

又是一個深夜，拉斐爾精神抖擻地在自家畫室作畫，聽得衣裙的窸窣聲響，芙爾納瑞娜一手端著燭臺，一手端著一隻托盤，托盤上熱湯散發著香氣，鬆軟的麵包讓人食慾大開。這樣美麗、這樣明朗的一張臉出現在畫架的一側，「可以入畫了……」拉斐爾在心中嘆道。慢著，芙爾納瑞娜的眼神裡有著前景未卜的緊張，有著憂慮，「你在擔心甚麼？」拉斐爾禁不住問出聲來。「你累了一天，再過幾個鐘點，又要奔到宮裡去在腳手架上畫畫，不休息一下，怎麼行呢？」芙爾納瑞娜一口氣說出了自己的憂急，羞紅了臉，轉過身

去。原來是這樣平凡、這樣質樸的憂慮。拉斐爾笑了，笑容卻頓時僵在了臉上，他大叫，「轉過身來，不要動……」他伸手抓過一塊麵包塞在嘴裡，手中的畫筆在畫面上迅速移轉。芙爾納瑞娜嚇壞了，張口結舌呆立原地，臉上自然而然地蒙上了一層驚懼。

半晌，拉斐爾滿意地放下畫筆，雙手接過芙爾納瑞娜手裡的燭臺與托盤，把它們放在一旁，然後伸出雙手，環抱著芙爾納瑞娜的肩膀，推著她走到了畫架的正對面，讓她看到了畫面上的自己……。

芙爾納瑞娜張大了眼睛，看到了畫面上聖母豐滿婀娜的體態、端正美麗的面容，以及飽含驚異、憂慮、緊張的眼神，如同面對鏡子，她看到了自己。她再一次被嚇壞了，雙手掩面，抖動著嘴脣哭了起來，「我只是一個麵包師的女兒，我怎麼可以……」

拉斐爾將芙爾納瑞娜擁進懷裡，無言地輕撫著這個善良的女子。第一次，他的心裡湧出了歉疚，他能夠給她，給這

位無辜的女子怎樣的未來？第一次，他面對了內心的恐慌，他與她的這一份情感終究是不會有結果的。這份傷懷、這份憂鬱強烈到心痛的地步，他把這份悸動留下來，留在了畫面上聖子的眼神裡。

這幅祭壇畫在西元一七五四年由在薩克森（Saxony）被選出的波蘭國王腓特烈・奧古斯都三世（Frederick Augustus III）以當年舉世罕見的昂貴價格買下。這位國王出生於薩克森首府德雷斯頓，也於此地辭世。他最珍貴的收藏當然也就成為德雷斯頓的守護神。十九世紀，這幅作品不但催生了德國浪漫主義畫派，對歐洲音樂、文學的影響也是非常深遠的。第二次世界大戰期間，蘇聯紅軍從歐洲掠走九十二萬件藝術珍品，《聖西斯篤聖母》也在其中，曾經流落到莫斯科。史達林死後，一九五五年，這幅作品回到了德雷斯頓。二〇一二年五月至八月，德雷斯頓盛大慶祝《聖西斯篤聖母》誕生五百年。在著名的大師藝廊，這幅作品有她的專用展室。

　　拉斐爾當然不可能知道他有生之年最後的這一幅帆布油畫聖母像曲折而輝煌的未來，他忙得不得了，他必須要完成梵諦岡埃利奧多羅廳最後一幅大型溼壁畫《偉大的利奧令阿提拉止步》以及這個廳的穹頂。

　　史書記載，西元四五二年七月，對羅馬帝國造成極大威脅的匈奴王阿提拉（Attila）率領能征善戰的匈奴聯軍進逼羅馬，兵臨城下之際，教皇利奧一世（Pope Leo I）率眾策馬來到城門外迎敵。教皇威嚴的外表、滔滔的雄辯令阿提拉沮喪，羅馬本身的深藏不露也讓阿提拉心生顧忌，而羅馬大軍正在運動中勢將斷其後路更讓阿提拉心慌意亂。於是，阿提拉調轉馬頭折返，並在來年四月死於歸國途中，匈奴聯軍就此瓦解。教皇利奧一世臨危不亂堅定沉著，成功地阻止了阿提拉的進犯，保衛了教廷聖地羅馬的和平，人們尊稱他為「偉大的利奧」（Leo the Great）。

　　西元一五一三年，羅馬教廷改朝換代，新教皇利奧十世已經登基，畫面上的利奧一世自然展示利奧十世的體態容

貌。拉斐爾依據歷史梗概設計這幅畫，並賦予這幅作品更多的神性。教皇不但神態威嚴，而且信仰彌堅，他作出神聖的手勢，已足以退敵。在空中氣勢如虹亮出寶劍、為教皇助陣保衛羅馬的是聖彼得與聖保羅。畫面中央，騎在一匹深色戰馬上的阿提拉面目模糊，動作緊張不安，戰馬揚起前蹄似乎鬥志全消已經準備奪路逃跑。整幅畫面的背景有著陰暗的建築與熊熊的火光，昭示出匈奴聯軍所帶來的浩劫。豐沛的羅馬古蹟、頹敗的尼祿黃金屋為拉斐爾提供了充分的素材來完成這幅雄偉的畫作。這幅作品似乎是一個起點，在拉斐爾後來的大幅作品中，有了更多的劍拔弩張，更強大的張力，以及更清晰的節奏。這都與一五一四年這個年分有著一些牽連，在這一年，拉斐爾的生活中有一些重要的改變。

　　同署名廳一樣，拉斐爾要求自己在埃利奧多羅廳的設計能夠讓整個廳堂的畫幅之間隱含緊密的關聯，觀者看到四幅穹頂畫的時候，能夠了解穹頂與壁畫絲絲相扣所昭示出的強大的精神訊息。於是，在《埃利奧多羅被逐出神殿》的

《偉大的利奧令阿提拉止步》
Leo the Great Stopping Attila，1513-1514

這是拉斐爾在埃利奧多羅廳的牆壁上繪製的最後一幅溼壁畫。這個廳要彰顯的
是教會的勝利。拉斐爾以歷史為素材架構出這樣一幅恢弘的作品，呼應了其他
三幅壁畫所謳歌的神蹟。在構圖的設計上，拉斐爾處理眾多動態人物的技巧已
經臻於化境。

上方，戲劇性地裝飾著穹頂畫《燃燒的灌木》*The Burning Bush*；與《博爾塞納彌撒》相對應的是穹頂畫《亞伯拉罕獻祭》*Abraham's Sacrifice*；穹頂畫《雅各的夢中階梯》*Jacob's Ladder*則巧妙地折射出《解救聖彼得》的意境；與《偉大的利奧令阿提拉止步》有異曲同工之妙的便是穹頂畫《諾亞離開方舟》*Noah Leaving the Ark*。神蹟的不可蔑視得到了最充分、最堅實、最鮮明的表現。觀者仰望穹頂得到的啟示，在面對壁畫的時候得到更為詳盡的詮釋，更強烈的感動。

大功告成。教皇利奧十世非常滿意。整個教廷歡欣鼓舞，拉斐爾的學生們、助手們都鬆了一口氣，唯獨拉斐爾肩上的擔子卻更加沉重了。

事情要從一五一二年深秋說起，那時候，布拉曼蒂病勢沉重已經不能視事，代替他的是一位比他年紀更大的建築師，整個聖彼得大教堂新堂的工地上死氣沉沉，人人都在揣測，不知新堂總設計師的肥缺會落到哪個幸運兒的手上。教皇朱利阿斯二世自己的健康狀況大不如前，看到這種情形格

外心煩，大聲詢問布拉曼蒂人在哪裡？眾人覺得此時此刻說
甚麼都不合適，只好沉默。教皇接受了錯誤的訊息，以為這
位忠實的朋友已經駕鶴西去。米開朗基羅的《創世紀》完成
之日，教皇被西斯汀禮拜堂穹頂的輝煌震懾到語無倫次，竟
然說了出來。

那一天，拉斐爾也站在那偉大的穹頂之下，看著米開朗
基羅一個人創造出的奇蹟。聽到了教皇的話，當然不會去糾
正，教皇英雄一世，經歷過十二次戰爭，面對這樣壯闊的藝
術場景，詞窮、失語都是很自然的。更何況，不到四個月，
蒙主寵召的是教皇自己，老布拉曼蒂在病榻上又撐了一年零
兩個月。

布拉曼蒂是一位腳踏實地的建築師，他根本不在乎天堂
與地獄。人們因他纏綿病榻便編出一個故事，說是聖彼得擋
在天堂門口不准布拉曼蒂進門，厲聲責問，「你為甚麼拆掉
我的教堂？」布拉曼蒂恭敬回答，「您放心，教皇利奧十世
會給您一個新的、更漂亮的教堂。」聖彼得說，「你等在門

《埃利奧多羅廳穹頂畫》

Ceiling Vault of Stanza di Eliodoro，1514

這是一個比較小的穹頂，穹頂中心鑲嵌的徽飾來自教皇朱利阿斯二世的戰袍。
教皇駕崩已經一年，拉斐爾在作品中毫不掩飾他對老教皇的欽敬。

圓形穹頂分成四個部分，每幅作品的背景都是深藍色的天空，偕同區隔畫作的
銀色飾帶金色圓型浮雕和諧地展現出富麗堂皇的同時，不失優雅與莊重。這個
小穹頂是拉斐爾穹頂作品中又一個精采的範例。

外，新教堂落成，你才能進來。」於是布拉曼蒂在天堂門外罰站，不得其門而入……。聽到傳言，布拉曼蒂哈哈一笑根本沒有放在心上。教皇朱利阿斯二世駕崩卻讓布拉曼蒂緊張得不得了，他生怕新教皇不看好年輕的拉斐爾，找一個庸才來接替自己……。直到一五一四年三月十一日，告別塵世之時，這位老設計師仍然處於焦慮之中，他曾經鼓足餘勇，直接向教皇利奧十世推薦拉斐爾，教皇沒有給他明確的答覆，讓他死不瞑目。但是，四月一日，教皇任命不足三十一歲的拉斐爾擔任聖彼得大教堂新堂總設計師，其權限幾乎是無限大，而且明令，「拉斐爾所做出的設計必須落實，永遠不容更改。」這是布拉曼蒂未曾有過的權柄、未曾想望過的寵信。在天堂門口罰站的布拉曼蒂聽到這樣的消息一定會開懷大笑，無論罰站多少年也不在乎了。

實際上，布拉曼蒂過慮了。教皇利奧十世非常喜歡拉斐爾，原因很多，其中主要的一項是新教皇喜愛迷你藝術品，喜歡能夠拿在手上把玩的聖像、珠寶、袖珍畫像之類價值連

城的「小東西」。拉斐爾幾乎是在爾比諾公爵的宮殿裡長大，見多識廣，新教皇從拉斐爾那裡得到許多真知灼見，兩人常在教皇的書房裡把玩奇珍異寶交換心得，感情好得很。教皇更是欣賞拉斐爾的作品，將其視為義大利畫家第一人，甚至歐洲畫家第一人。但是，擔任大教堂新堂總設計師卻是另外一回事情，拉斐爾如此的善良如此的彬彬有禮，哪裡是那些居心叵測的傢伙們的對手，與其讓他被那些壞東西整得慘兮兮，不如留他在身邊度過一些快樂的時光……。

讓教皇利奧十世改變心意的是學者、拉斐爾的朋友卡斯底里歐尼。這位作家與拉斐爾有一個共同關心的對象，就是正在消失的羅馬古蹟。卡斯底里歐尼比任何人都更了解拉斐爾內心的沉重，也更了解拉斐爾在建築方面的天賦與才華。卡斯底里歐尼又是外交官，是談判高手，懂得宮廷應對之種種，他殷切希望大教堂能夠交到拉斐爾手中，因此在參加了布拉曼蒂的葬禮之後，主動求見了教皇，談完公事，在拉斐爾毫不知情的情況下給教皇講了一個故事。

　　話說溼壁畫《偉大的利奧令阿提拉止步》完成，教廷中人、羅馬名流紛紛前來觀賞之時，拉斐爾已經在修訂下一個廳室的草圖。兩位紅衣主教閒來無事晃到拉斐爾的畫室，想逗一逗這個一向謙和的青年，看他露出窘態大概很好玩。於是兩人擠眉弄眼調侃道，「……畫面上的聖保羅和聖彼得臉色紅通通的，那是甚麼緣故啊？是不是你搞錯了顏色啊？」拉斐爾頭也沒回，大聲回答，「兩位聖者激憤得滿臉通紅，就是因為是你們這種人在人間執掌教會的事務啊！」兩個人聽到這樣的話，面紅耳赤急急奪門而出……。

　　故事講完，卡斯底里歐尼跟教皇說，「當時我在場，正坐在旁邊看拉斐爾繪製《博爾戈大火》的細圖。聽到拉斐爾這樣斬釘截鐵的回答，我也是很高興的，他一向舉止優雅，溫文有禮。但他不會縱容不合情理的事情，他有決斷的能力與智慧。」

　　數日之後，教皇同拉斐爾在書房閒話，提到了卡斯底里歐尼講的這個故事。拉斐爾沒有說話，內心裡滿溢對老友的

感激。教皇跟拉斐爾說到他的計畫，一個方面是要請拉斐爾執掌聖彼得大教堂新堂的工程，另外一個方面是想請拉斐爾設計掛毯，用來裝潢西斯汀禮拜堂。

這是全新的概念，拉斐爾非常樂意接受挑戰，便向教皇請教詳情。教皇津津有味地說出他的看法，織毯手藝當然首推法蘭德斯（Flemish），但是他們的設計師絕對趕不上拉斐爾，因此教皇希望拉斐爾親自設計，教廷將設計圖交給法蘭德斯的織工們精工織造……。

拉斐爾很誠懇地跟教皇說，他本來不太敢接受新的委託，但是，最近有一位年輕的羅馬藝術家投到他的門下，他就是朱利奧・羅瑪諾（Giulio Romano），有了他，拉斐爾畫坊如虎添翼，他比較能夠放心接受新的委託，比方說聖彼得大教堂，比方說掛毯……。

教皇利奧十世非常高興，順便問道，「你在梵諦岡已經繪製了兩個廳的壁畫，已經工作了不短的時間，對於這座新堂有沒有甚麼特別的想法？這裡就我們兩個人，你不妨直

說。」拉斐爾在桌上的珍玩裡取出兩個精美的十字架，一個是希臘十字，四臂等長；另外一個是拉丁十字，水平兩臂等長，豎直方向上臂最短，下臂最長，水平臂長度之和小於豎直臂。待教皇看清楚了，拉斐爾輕輕將希臘十字移開，將拉

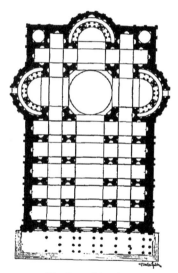

Fig. 8. — Saint-Pierre.
(Plan de Raphaël.)

丁十字推到了教皇面前。毫無疑問，這個拉丁十字的總體設計將會使得新堂的規制縮小，為教廷縮短施工年限、節省大量金錢、物力、人力。但是，拉丁十字的教堂設計更接近於東正教的體例而非天主教。教皇利奧十世沉思良久，抬頭凝

《拉斐爾為聖彼得大教堂所制定的基礎設計》
Raphael's Plan for St. Peter's，1514

對於布拉曼蒂大而無當的聖彼得大教堂新堂的設計而言，拉斐爾的設計是革命性的。西元一五四六年，米開朗基羅在這個設計的基礎上發展、確定了新堂的總體設計。

望著拉斐爾。拉斐爾神態平靜地迎住教皇的視線，「豎直方向的下臂部分可以根據教廷的需要以多個小型的希臘十字擴建，比方說五個小禮拜堂……」教皇終於放下心來，「去年，布拉曼蒂極其熱誠地推薦了你，他真是有眼光的。」拉斐爾苦澀地說，「只不過，這樣的總體設計完全推翻了大師原先的構想，很對不住他。」教皇卻說，「你對得住羅馬。」這一晚，教皇利奧十世同他的小友聊得十分盡興。

回到家中，拉斐爾細細回想這一晚的重要談話，心潮起伏，那兩個倒楣的紅衣主教碰釘子的原因，並不完全是他們的調侃惹惱了自己，而是自己那一天的情緒特別的低落，因為收到了舅舅西蒙的來信，信中舅舅歡欣鼓舞地知會拉斐爾，紅衣主教貝畢那（Cardinal Bibbiena）樂意將自己十二歲的姪女瑪莉（Maria Bibbiena）許配給拉斐爾為妻……。

此時，拉斐爾已經在羅馬梵諦岡周邊的博爾戈區（Borgo）買了一棟房子，房子的設計者是布拉曼蒂，但是他第一天住進去，就開始改造這所房子……。在他給舅舅的回

信中，報告了自己買房子的事情，輕描淡寫地表示會在三、四年後讓貝畢那主教得償心願，因為那位尊貴的少女實在是太年輕了……。同時也暗示，自己也在努力爭取紅衣主教的地位……。這樣的回信，西蒙舅舅看到了，自然是忐忑不安，按照教規紅衣主教可以有情人，卻不可以結婚，若是拉斐爾真的得到紅衣主教的身分，當然是光宗耀祖的事情，但是那個婚約也就必然要取消了……。自此，舅舅那邊不敢煎逼，只能隔一段時間淡淡地提醒一聲，拉斐爾自然是推三阻四。最感傷心的是那個年紀實在太小的瑪莉，她感覺羞辱，鬱鬱不歡……。拉斐爾了解到這是一個繼續拖延的辦法，於是也就不斷地放出空氣，似乎他真的有志成為一名紅衣主教……。

拉斐爾為自己畫了一幅卡斯底里歐尼的肖像，為的是在想念這位好朋友的時候，能夠看著他與他「對話」。這一天，他對著卡斯底里歐尼的肖像，喃喃自語著，聲音很輕。走進來的芙爾納瑞娜還是聽到了「紅衣主教」這個詞彙，心

中陡地感覺沉重。她靜靜地站在拉斐爾剛剛完成的一幅自畫像前面，細細地端詳著畫中的美男子，讓自己的心境漸漸地

《年輕男子肖像》（自畫像）
Portrait of a Young Man（a self-portrait），1514

自西元一七九八年起，屬於波蘭查托瑞斯基典藏（Czartoryski Collections）。
二次大戰期間遭納粹德國掠奪，一九四五年之後再無人見到。
肖像具備風格主義的諸般精采因素。肖像的背景極為別緻，淡赭色牆壁上有一扇窗，窗外的風景靜美，讓人想到義大利南部的溫暖、自由、浪漫以及諸般美好。

平和下來。拉斐爾走到她身邊，同她一道欣賞著畫中的自己，心情也好了起來。她輕輕地問，「你不是真的要當一名紅衣主教吧？」他笑了，「當然是真的。」芙爾納瑞娜絕頂誠實，心裡想甚麼都會寫在臉上，拉斐爾用「立志成為紅衣主教」的說詞來拖延婚事，當然不能告訴她。沒有想到，她下面還有話，「真美，你的手，你的臉，比女人更美……。有一天，你必須要離開我的時候，我希望能夠帶走這一幅畫。我甚麼都不要，只希望每天能夠看到你，這麼恬靜，這麼年輕，這麼英俊……，永遠，永遠……」

話未說完，淚水滾滾而下。拉斐爾目瞪口呆，天吶，她甚麼都知道！

這一晚，萬籟俱寂，拉斐爾將這幅鑲板油畫翻轉，寫下標題《年輕男子肖像》、署名、寫下完成的日期：一五一四，將無數的疑竇留給後世藝術史家們去揣測。

12

一五一四年七月一日，梵諦岡教皇私邸署名廳西側的廳
室開始了繪製工程。這個廳室同已經完成的另外兩個廳室有
所不同，教皇利奧十世在這裡吃飯，這個地方是他的私人餐
廳。他不但在這裡吃飯而且在這裡宴客，客人的數量極少，
地位卻高。更要命的是，他宴請了誰並不希望有很多人知
道。如果是他單獨一個人用飯，他還喜歡有個小樂隊助興，
如此這般，就餐便成了一件十分愉悅的事情。雖然拉斐爾同
教皇關係融洽，但是這樣的一種狀況是絕對會影響到工程進
度的。進度被迫延後，對於忙碌的拉斐爾來說並非壞事，他
正好可以去忙聖彼得大教堂新堂的事務。對於拉斐爾畫坊的
畫家與助手們來說需要的只是耐心，只是隨機應變的能耐。
於是，這個廳的工程耗時整整三年，只有《博爾戈大火》這

一幅溼壁畫，拉斐爾擔任了全程的繪製工作，其他三幅作品與天花板仍然是他的設計，繪製的工程就請畫坊裡的畫家們擔任了。

　　紅衣主教貝畢那因為拉斐爾對婚事推三阻四，便更加關注拉斐爾在梵蒂岡的工程進展，他是教皇利奧十世的寵臣，當然常常有機會到這個廳室陪教皇吃飯，不但親眼看到拉斐爾留在牆壁上的筆觸日日更新，而且偵察到拉斐爾的大部分行蹤。終於有一天，趁著四下無人，主教向教皇透露了他的心事，提到他美麗的姪女等得心焦，日見憔悴，恐怕是要生病了……。教皇心中雪亮，紅衣主教貝畢那在自己被遴選為教皇的過程中，平息了政爭，有功於自己，有功於教廷的和諧。自己也馬上封他為侍御大臣，有了這樣的權柄，紅衣主教貝畢那得到了多少方便。但是，自己畢竟是教皇，不能隨便予取予求。更何況，拉斐爾是無可取代的。達文西是天才的藝術家，但他就是不能專心把一件事情做完；米開朗基羅是偉大的藝術家，卻是那麼倔強、脾氣那麼大的一個人，怎

《博爾戈大火》
The Fire in the Borgo，1514

畫作構圖展現了拉斐爾獨特的插話敘述技巧，顛覆了無數前輩大師的構圖規範，為後世藝術家豎立起一座豐碑。畫面中心刻意留白與精準的透視使得遠處背景上的五層建築高大雄偉。站立其中的教皇，形象雖「小」卻是整個畫面的主角，其含蓄內斂與雷霆萬鈞同時展現，賦予畫作無與倫比的魅力。

麼相處呢？就拿這個飯廳來說，自己能夠在這裡吃飯，拉斐爾也有辦法繼續在這裡畫畫，互相沒有甚麼大不了的影響。換了米開朗基羅，哪裡能夠這麼安逸？「他一定會給我臉色看，讓我食不下嚥……」念及此，教皇溫言相勸，「瑪莉不過十二、三歲吧，親事已經定了，還有甚麼可著急的呢？告訴她，好好享受少女無憂無慮的快樂是多麼的美好啊……」語氣雖然親切溫和，貝畢那主教卻完全聽懂了教皇的話外

音，教皇絕對不喜歡自己去煩拉斐爾，於是頻頻點頭稱是。之後，貝畢那主教雖然還是常常出現在這裡同教皇一道用餐，有關姪女婚事的話題卻不再提起了。

拉斐爾對任何的背後文章都毫無興趣，永遠充耳不聞。教皇仍然有很多機會同拉斐爾單獨相處，他們有無數有趣的話題可以推心置腹，教皇絕對不願意讓那多事的貝畢那擾亂了雅興，所以絕口不談。關於聖彼得大教堂新堂的設計與施工，拉斐爾倒是常常詳細告訴教皇，誠懇地徵求他的建議。教皇有了拉斐爾實在是心滿意足，更不消說這個廳室的壁畫有多麼讓他高興了。

說來也是有趣，兩餐飯之間的空檔，拉斐爾的助手們就是有辦法在已經準備好的牆壁上鋪上溼度合適的灰漿，不必等待，後續作業迅速展開，按部就班有條不紊。下一餐飯開始之前，廳堂裡已經收拾得纖塵不染，拉斐爾畫坊的人們已經靜靜地離開。教皇利奧十世進來吃飯的時候，總是能夠看到牆壁上新的線條色彩正在深入牆壁，正在同牆壁融為一

體，而且它們將屹立不搖，屹立不搖啊。教皇感覺心曠神怡，腦袋裡忽然冒出一個想法，「說到溼壁畫，我大約是最有知識的教皇了。這真是美妙的經驗啊……」教皇開心地笑了，胃口好得很，對餐桌上的菜色極有興趣，問長問短。廚師與隨從們也都開心不已，人人心中有數，這都是拉斐爾大師帶給他們的福澤啊。

正是因為拉斐爾的這幅溼壁畫《博爾戈大火》，教皇將這個廳命名為「博爾戈火廳」。想想看吧，這是多麼精采的設計啊。剛剛登基不久的教皇利奧四世（Pope Leo IV）只用了一個祝福的手勢就熄滅了西元八四七年在教廷周邊博爾戈地區發生的那一場大火。而且，利奧四世的面容正是當今教皇利奧十世的面容，他從容地高高地站在畫面遠處聖彼得大教堂莊嚴的拱廊上，做出那著名的手勢。大教堂下面，滿心感激的男女老少正在朝著教皇歡呼。教皇利奧十世看到這一個部分，已經心花怒放，他似乎聽到了民眾的歡呼聲。

受邀來到這間廳室觀賞畫作的羅馬權貴們，先是被畫

作釋放出的張力震懾住，穩住心神細細看去，終於看出了端倪。畫面左下方，特洛伊健壯的伊尼亞斯把年老體衰的父親安契西茲（Anchises）揹在背上，正在尋找一個安全的去處，他的兒子跟在身邊，臉上的表情滿是驚嚇。這一天正是特洛伊陷落的日子，在沖天的大火中伊尼亞斯扶老攜幼走上了建立羅馬帝國的漫漫長途。這個構圖來自一千五百年前古羅馬詩人維吉爾（Virgil）對特洛伊戰爭的描述。畫面中心，離觀者最近處，女子們或呼天搶地或拚命維護著幼小的孩子。畫面右側，人們傳遞著水罐正在滅火。畫面左方火光熊熊，人們正在翻牆逃逸。右側則只剩下煙霧與餘燼。遙遠的古代與七百年前、神話與歷史、時間與空間，在這一幅畫面中再一次和諧地成為一個整體。毫無疑問，這又是一幅傑作，而且絕對是拉斐爾的風格。羅馬的權貴們在向教皇道喜的時候心裡自忖，拉斐爾實在是不凡，永遠帶給羅馬無限的驚喜，得到教皇的寵信實在是理所當然。

在這幅作品的創作過程中，梵諦岡周遭小鎮博爾戈的歷

史與現狀，強烈地震撼著拉斐爾的內心，使他痛切地覺得若是再不搶救，羅馬古蹟將在他的眼前快速消失。

一五一四年，三十一歲的大師開始了梵諦岡教皇宮宏偉、秀麗、優雅的柱廊施工工程。這個柱廊的位置在二樓，拉斐爾繪製溼壁畫的三個廳，博爾戈火廳、署名廳、埃利奧多羅廳，以及最後一個由拉斐爾設計的康斯坦丁廳（Stanza di Constantino）是由西向東連成一條線的四個廳室，與其成直角的便是這個長長的開放式柱廊，原本是布拉曼蒂的設想與簡約的設計，拉斐爾在三年的時間裡精心地完成了華美的建造工程，實現了布拉曼蒂的遺願。然後，又花了兩年時間帶領他的工作團隊，為這個柱廊完成繪製工程。拉斐爾為這個美麗的所在繪製的壁畫草圖高達五十二幅，更驚人的是，許多尼祿黃金屋曼妙的古羅馬圖案，在眾多的廊柱上獲得新的生命，這也是拉斐爾為搶救正在消失的古羅馬藝術而採取的一次極具新意的具體行動。這個柱廊在藝術史上極負盛名，歐洲宮廷紛紛效仿。最為著名的仿效工程出現在十八世紀黃

（全貌）

拉斐爾
Raffaello

（細部）

《梵諦岡柱廊》

Vatican Loggias，*1514-1517* 由拉斐爾領軍完成施工建造；*1517-1519* 由拉斐爾畫坊完成繪製。

拉斐爾在這個工程裡傾注了極大的熱情。柱廊精美的小型壁畫都以《聖經》故事為主，廊柱上的圖案卻是古羅馬遺跡的生動再現，優雅、古樸、精采絕倫。這些圖案出自拉斐爾的精心設計，將其完成的藝術家團隊裡的主將是擅長繪製花鳥圖案的達烏迪（Giovanni da Udine）同擅長繪製藤蔓圖案的羅瑪諾。

金時代的俄羅斯。俗稱凱薩琳大帝（Catherine the Great）的俄國女皇凱薩琳二世在位時，在聖彼得堡的宮殿裡修建了一個金碧輝煌的柱廊，堂而皇之地照搬了拉斐爾的創意。這位女皇為了照顧原創者的權益，乾脆將其命名為「拉斐爾柱廊」。為了與那個展現帝國氣派的柱廊有所區別，梵諦岡將自家真正的拉斐爾柱廊很低調地稱作「梵諦岡柱廊」。實際

上，梵諦岡的拉斐爾柱廊絕對獨一無二，因為所有的仿製品無論怎樣華麗、怎樣輝煌，它們都沒有再現尼祿黃金屋的古色古香。淡米色背景上赭紅的優雅圖案是拉斐爾柱廊古意盎然的風格，是拉斐爾的心血結晶，是他為保存古羅馬藝術而進行的一場試煉。

忙碌中的拉斐爾沒有拒絕一位美麗的波隆那貴族女子的委託，為她家族的小禮拜堂繪製一幅描述聖西西莉亞（St. Cecilia）的祭壇畫。這個小禮拜堂位於古老的曼提聖喬萬尼教堂（San Giovanni in Monte, Bologna），這個教堂尊崇聖樂守護聖者西西莉亞。

接受委託，繪製草圖的過程是非常美好的，拉斐爾將聖西西莉亞放置在畫面中央，藍天之上一個天使合唱團正在祥雲中歌唱。聖西西莉亞的右側站著聖保羅與福音聖約翰，聖西西莉亞的左側站著聖奧古斯丁和聖抹大拉馬利亞。聖西西莉亞仰望上蒼，雙手無力地拿著一件管風琴；提琴、手鼓、長笛等等樂器都散落地上。聖保羅以手支頰低頭沉思，福音

聖約翰同聖奧古斯丁交換著喜悅、陶醉的目光。五位聖者中只有聖抹大拉馬利亞面對觀者，就像拉斐爾在眾多溼壁畫中的自畫像一樣，總是與觀者交換著視線。

　　拉斐爾親切地牽著芙爾納瑞娜的手，請她側身站在畫架正前方。芙爾納瑞娜溫順照辦，拉斐爾輕輕取下她濃密的髮際間那一枚小小的珍珠髮飾，準備放在一個安全的地方。她小聲說，「……那是母親留給我的……」。拉斐爾鄭重地跟她說，「……我會為你畫單獨的肖像，那時候，一定請你戴著這一枚美麗的珠飾……」話未說完，忽然微笑起來，「真是後知後覺，在拉丁文裡，珍珠就是瑪格莉特……」芙爾納瑞娜莊重地輕聲說，「我的名字是瑪格莉特・路蒂（Margaret Luti），來自席也納。」拉斐爾點點頭，小心地將珠飾放在桌上。

　　瑪格莉特這才完全地放下了心，臉上的表情是祥和的，充滿了信賴。這樣一份深情感動了拉斐爾，他把臉藏在畫板的後面，讓畫板擋住了他眼中的淚光。於是，聖抹大拉馬利

《聖西西莉亞》
St. Cecilia,1514

這幅傑作沒有任何戲劇化的情節,卻生動地傳遞了聖西西莉亞對天國聖樂的感受,對美好世界的熱愛與嚮往。聖樂對西西莉亞的指引正是整幅畫作的神聖主題。如此的莊嚴、如此的祥和、如此的充滿希望,帶給人們如許的喜慰與信心,在拉斐爾一生三百多件作品中是非常獨特的,對接踵而來的風格主義畫家們影響甚鉅。

亞有了來自席也納的瑪格莉特姣好的容顏，修長婀娜的體態。

因為飽滿的情感所致，這幅畫畫得又快又好。曼提聖喬萬尼教堂屬於聖奧古斯丁教會，畫面上的聖奧古斯丁格外的令觀者感覺親切。曼提聖喬萬尼教堂持有聖西西莉亞的聖物，一件金色的臂章，拉斐爾細心地將這件臂章繪製在聖西西莉亞的左臂上。於是，畫作與這座歷史悠久的教堂就有了一種極為特殊的關聯。

《戴頭紗的女子》
La Donna Velata，1514

兩情相悅的戀人之間的默契、信任在這幅肖像畫裡展露無遺。拉斐爾對平民女子瑪格莉特·路蒂（麵包師的女兒——芙爾納瑞娜）熾烈而被壓抑的情感成就了這幅傑作。被藝術史家研究與稱道的是拉斐爾處理白色、金色、褐色、黑色的精湛技巧。在文藝復興高峰期，這幅肖像畫被譽為巔峰之作。

　　西元一七九八年，這幅作品抵達巴黎。為了保護作品，巴黎的修復師從畫板背部小心削去厚厚的木頭，只留下承載著畫面那極薄的一層木質，然後移轉到畫布上，於是拉斐爾這幅傑作得到了極好的保護。一八一五年，畫作回到了波隆那，直接進入博物館，保存至今。同時保存下來的還有拉斐爾溫柔而複雜的深情，正是這深情賦予畫作無限的美好。

　　十九世紀初，德國大詩人歌德（Goethe）在造訪義大利的時候，看到了這幅作品，非常有感情地說，「我們今天站在這裡，無需太久，我們將離開這個世界，一去不回頭。值得慶幸的是，這幅畫將永遠留在人間。五位聖者如此真實地出現在我們面前，他們的表情這樣生動，傳遞出的美好與狂喜是這樣的強烈。噢，我們要怎樣才能表達我們對這件作品的敬意……」

　　無論生活中的負擔是多麼沉重，拉斐爾沒有忘記他對瑪格莉特的承諾。這幅肖像意在表達平民女子瑪格莉特的美麗、端莊、誠懇與樸實。畫作即將完成的一個晚上，拉斐爾

將一只戒指放在瑪格莉特手裡，一只細巧的金戒指。毫無疑問，那是一只婚戒，內面篆刻著R與M兩個花體字母。瑪格莉特心明如鏡，羅馬教廷的御用藝術家拉斐爾無法迎娶一位平民女子。社會允許拉斐爾有情人，卻必定要干涉他的婚姻。他們的情感只能處在曖昧不明的狀況裡，無法前進一步。但是，手中的這枚婚戒卻是拉斐爾無言的承諾。瑪格莉特端詳著這只戒指，沒有戴到左手上，而是用一根細細的項鍊穿起來，讓它停留在離心口最近的位置，白色衣裙的蕾絲領口掩蓋了一切。

沒有白色婚紗，拉斐爾為瑪格莉特披上金色的紗巾，不能畫出那一根細細的項鍊，於是以昂貴的琥珀代替，美麗的臉龐、濃密的頭髮、髮際間那一枚秀氣的珠飾，以及蓬鬆的衣袖都是瑪格莉特所獨有的。從畫面裡，瑪格莉特以專注的眼神默契地望著畫家，傳遞著至死不渝的情感。

13

　　就在梵諦岡教皇宮博爾戈火廳的繪畫工程慢條斯理地進

行的時候，一五一五年，拉斐爾開始了西斯汀禮拜堂的掛毯

工程。掛毯這樣一件工藝品在中世紀的歐洲非常流行，宮殿

別墅都是磚石結構，相當寒冷，牆壁上覆蓋了厚重的掛毯，

室內頓時就溫暖起來了。

　　教皇利奧十世為西斯汀教堂訂做掛毯，是為了教廷有重

大儀式要舉行的時候才來懸掛的，其內容當然是著名的《聖

經》故事。這個工程需要先有十幅水彩掛毯畫稿（cartoon

for the tapestry）來描述這些《聖經》故事。每一幅畫都要有

五公尺的寬度四公尺的高度。拉斐爾用兩百張畫紙粘貼成一

張巨大的紙，然後將已經設計好的畫面放大移轉到這張巨大

的紙上，再精心地安頓色彩。這是極不容易辦成的一件事。

首先，這些畫稿將來的成品不是圖畫而是掛毯。畫稿在製成掛毯的過程中將成為作品的反面，因此在構圖上必須預先設想到這一點。不僅如此，掛毯由絲線、羊毛、純金線、純銀線織成，其色彩當然沒有水彩顏料那麼豐富，因此在選擇素材上也要考慮到這樣的一層因素，力求掛毯掛出時，色彩和諧、線條清晰。

滿腦袋想像力的拉斐爾意氣風發地開始了這樣一個大工程，他的畫坊不缺人才，大家奮勇爭先，每個人都在這份特別的工作中發現了極大的樂趣，也都找到了自己適合的位置，於是這個工程如火如荼地開始了，一時之間在梵諦岡形成極為有趣的景觀。沒有任何地方比西斯汀禮拜堂更適合這種工作了，巨大的紙張在地板上鋪開，好多位畫家同拉斐爾一道工作，將他的設計變成畫稿，圍觀者們要花不少時間才能看明白這些畫稿到底在說些甚麼樣的故事……。

一五一六年，捲起來的畫稿隆重自羅馬啟程，抵達全世界最著名的掛毯生產地，比利時布魯塞爾阿爾斯特掛毯作坊

（Pieter van Aelst）。說來有趣，隨同畫稿一起抵達阿爾斯特作坊的還有拉斐爾的追隨者奧利（Bernaert van Orley）。這位比拉斐爾年少幾歲的法蘭德斯藝術家不但是優秀的畫家，而且從小就在父親的掛毯作坊接受美學教育與織毯技術的訓練。成年之後，還醉心於彩繪玻璃，在繪畫、掛毯、玻璃諸方面都成績斐然。奧利從來沒有到過義大利，但他對拉斐爾的美學觀念卻很熟悉，不放過任何一個觀摩學習的機會。聽說拉斐爾的畫稿即將抵達布魯塞爾便自告奮勇前來助陣。本來，阿爾斯特作坊多少有點緊張，委託人是羅馬教皇，畫稿作者是偉大的拉斐爾，雖然自家是掛毯界翹楚，但面對這樣重要的委託還是難免小心翼翼，現在有了奧利這位橫跨繪畫與織毯兩個領域的大行家，信心大增，迅速開工。奧利在畫稿展開的瞬間就明白，無論用甚麼樣的語言來讚美拉斐爾都不是過分的。那樣美好的故事、那樣精準的線條、那樣柔美的色彩，而且，從來沒有織過掛毯的拉斐爾卻為掛毯技藝著想，做出了如此完美的設計。奧利不但全力以赴幫助阿爾斯

特作坊順利完成委託，他自己也臨摹了畫稿，從中揣摩、學
習，獲益良多。

　　一五一九年十二月二十六日，七幅精采絕倫的掛毯掛
上了梵諦岡西斯汀禮拜堂的牆壁，引發羅馬全城歡聲雷動。
教皇利奧十世非常高興，在他內心深處，他覺得，在擴展羅
馬教廷的藝術成就方面，他已經超過了前任教皇朱利阿斯二
世，多少有些沾沾自喜……。

　　一般來說，掛毯完工之後，畫稿就被丟棄了。但是這
一次，阿爾斯特作坊在一五二〇年完成了羅馬教廷委託的十
幅掛毯之後，又接到好幾家修道院的委託，請作坊依照拉斐
爾的畫稿為他們製作掛毯。因此，最少有七幅畫稿得以保
存。西元一六二三年，當時的威爾士王儲也就是後來的英王
查爾斯一世（Charles I）在一場拍賣中將這七幅畫稿買下。
日後，身為英格蘭、蘇格蘭、愛爾蘭國王的私人收藏自然成
為英國王室的典藏。西元一八六五年，英國王室將這七幅畫
稿永久借給了維多利亞與艾伯特博物館（Victoria and Albert

《網魚神蹟》

The Miraculous Draught of Fishes，畫稿完成於 *1515* 年，掛毯完成於 *1516-1519* 年

耶穌在加利利海邊指示西門至深水網魚，出乎眾人意外的，果真網到許多魚，眾人由此認識了耶穌，跟隨了他。耶穌顯示神蹟的美好《聖經》故事被拉斐爾用作掛毯題材，精心繪製的畫稿真實再現兩條船上滿載漁獲帶來的啟迪。

兩幅圖的對比讓我們看到掛毯製作必須倚仗的畫稿，以及根據畫稿編織出來的掛毯其視覺效果之異同。畫稿更為生動、真切。掛毯則格外清新、柔美、和諧。

Museum）。西元二〇一〇年九月，為了配合教皇本篤十六世（Pope Benedict XVI）訪問英格蘭、蘇格蘭，倫敦的博物館與羅馬教廷聯合展出屬於教廷的西斯汀禮拜堂掛毯，以及屬於英國王室的拉斐爾畫稿。同時展出的還有屬於羅浮宮的拉斐爾掛毯畫稿草圖。這次盛大的聯合展示，就在位於倫敦南肯辛頓的維多利亞與艾伯特博物館舉行。將近五百年之後，義大利文藝復興巔峰期的這一枝奇葩終於得到全方位的展現，拉斐爾的名字再次響徹雲霄。

（畫稿）

（掛毯）

　　掛毯畫稿完成，送交布魯塞爾，拉斐爾卸下了肩上一副重擔，但他興趣廣泛，脾氣又好，幾乎有求必應，找他的人很多，其要求也是千奇百怪的，於是他依然忙得不亦樂乎。小到珠寶、勳章、銅器、陶器、香盒，大到木雕、石雕、鑲嵌，以至於舞臺布景、馬廄、浴室、庭園、教堂、宮殿。他設計的東西和地方之多，同時代藝術家根本無法想像。

　　佛羅倫薩的建築師與雕塑家洛迪（Lorenzetto Lotti）是拉斐爾的朋友，他娶了羅瑪諾的妹妹為妻，是拉斐爾朋友圈中相當受歡迎的人物。他請拉斐爾為他設計一幅約拿（Jonah）像的草圖，拉斐爾很爽快地為他畫了雕塑用的設計圖。這件事，引發米開朗基羅的憂慮，生怕拉斐爾又要在雕塑方面插一手。好在，拉斐爾志不在此，米開朗基羅這才放下心來。洛迪卻熱愛拉斐爾的這個設計，雕出一尊美麗的約拿騎鯨雕像，置放於羅馬聖母瑪利亞波波洛大教堂裡，由拉斐爾設計的基吉小禮拜堂內。拉斐爾的殿堂設計與雕像設計最後是在貝尼尼（Bernini）手中得到最完美的呈現，那將是十七世紀

的事情了。

　　一五一五年，拉斐爾在他工作的方方面面裡越來越傾向於建築，這跟他對羅馬古蹟的不斷接觸不斷研究有著密切的關連。他親眼見到建築工人不斷把古舊的大理石投入熔爐，以取得建築新宮殿所需要的石灰，古劇場的牆壁被拆下來作為建材，神殿的石材被用來蓋教堂。最受不了的是，西斯汀禮拜堂的建材正是來自古羅馬皇帝哈德良（Hadrian）的陵寢。受不了的心緒與日俱增，終於有一天，一向溫和的聖彼得大教堂新堂總設計師拉斐爾震怒了，一位施工者將古老神殿的柱石一破兩半為新堂做外牆。拉斐爾手裡捧著千年以前無名藝術家精緻的雕刻碎片，心痛到無以復加……。

　　新堂監工如實稟報教皇利奧十世。他解釋說，十多年來，都是如此啊，從廢墟上拿塊石頭來蓋新的建築，不是犯罪吧？特別是蓋聖彼得大教堂，上帝見了也會歡喜的啊。教皇聽罷沒有訓斥監工，只下達了一道命令，「照拉斐爾的指示做，嚴禁挪用古蹟，一磚一石均不可挪用。」為了強化這

道命令，教皇利奧十世在這一年的八月任命拉斐爾為「古羅馬遺蹟督察」。

拉斐爾欣然受命，他的朋友們也都歡欣鼓舞地同他一道展開研究，其中有馬若基（Iacopo Mazochi），當時，他同另外一位學者得到教皇利奧十世的贊助，正大力研究羅馬遺蹟上的雕文，並且正傾全力撰寫《羅馬城之古雋語》一書。他聽說拉斐爾擔任新職，自然熱心地幫忙。再加上老朋友弗爾維奧、卡爾沃、卡斯底里歐尼全都參加進來，拉斐爾的研究工作開展得非常順利。正因為這順利，他就更加痛切地感覺，搶救古蹟的行動已經刻不容緩。

在做了大量準備工作之後，一五一八年，拉斐爾同卡斯底里歐尼兩位聯名上書教皇利奧十世，呼籲教廷倡導古蹟保護。在這封信中，拉斐爾充滿感情地寫道，「羅馬，這座城中之城，世界的母親、世界的女王，凝聚著古人的神威。而她所遺留下來的所有的榮耀：神殿、雕像、拱門、劇場，以及其他的建築物，正在消失……，我在羅馬的十年中親眼目

睹這悲慘的現實……。多少教皇都熟視無睹這悲劇的不斷延伸……。是的，我們現在有一座新的羅馬，美麗、莊嚴、到處聳立著宮殿、教堂、數不清的宏偉建築物，但是，它們都是用古代大理石燒成灰粘合起來的啊……」

在這封信裡，拉斐爾大力抨擊歌德式建築的高聳、尖峭、繁複、粗鄙，倡導希臘羅馬建築風格的簡約、樸實、優雅、自然。最後，拉斐爾指出教廷訂立規範的重要性，以及組成專家團體一道有效地保護古蹟的重要性。他建議按照古羅馬開國君主奧古斯都（Augustus）所制定的方法，將羅馬市分為十四個區域，著人將每個區域的古蹟詳細勘查並做出紀錄。同這封信一道交給教皇的還有一份圖紙，上面詳細羅列了拉斐爾同朋友們勘查的結果。

教廷的檔案裡還有這封信，那一份珍貴的圖紙卻遺失了。兩年之後，拉斐爾去世，緊跟著，教皇利奧十世去世，這項偉大的計畫被擱置了很久之後才再次被人們提起……。

拉斐爾不是空頭政客而是腳踏實地的藝術家，他繼續

在他的創作中保存他無比珍惜的古羅馬藝術成就，梵諦岡教皇宮三樓貝畢那柱廊便是最好的例子。在這個柱廊的裝飾設計裡，拉斐爾巧妙地沿襲了尼祿黃金屋所展示的穴怪風格（grottesche），以垂直圖像畫出獅身人面、人身草尾、鷹體獅爪等等怪誕有趣的畫面，花卉草葉水果等等則多用漩渦紋飾，非常精緻美麗。拉斐爾的學生達烏迪發揚了老師使用的這一風格，在這裡留下了許多精美的筆觸。

柱廊以貝畢那的名字命名，自然是教皇利奧十世的恩典。但是，如此「怪誕」的裝飾難道是一位天主教的紅衣主教能夠接受的嗎？殊不知這位貝畢那主教很是不凡，他是詩人、學者、劇作家、外交家、藝術品鑑賞家、異教徒、牧師、紅衣主教。他也是極為健談的交際家，言語詼諧。他瘦削、敏捷、步履輕快。他有著尖尖的鼻子、詭譎的眼神，遇事從無高聲，一笑置之。人人知道他心機深沉，卻沒有人知道他的意圖到底是甚麼，因之他往往能夠在複雜的教廷裡借力打力出奇制勝。他欣賞拉斐爾的才華，厚待這年輕的藝術

家，當然期待回報，甚至期待聯姻，期待將拉斐爾納入自己
旗下。拉斐爾雖然年輕，卻在小小年紀失去了父母，凡事都
要自己當心，養成了謹慎的好習慣。對於這位城府極深的貝
畢那主教，拉斐爾是非常小心的。他為貝畢那繪製舞臺布

《貝畢那柱廊（局部）》
Loggetta of Cardinal Bibbiena，1517-1519

當尼祿黃金屋的絕妙裝飾被發現的時候，羅馬的
藝術家們都被其怪誕的風格震懾住了，不知古代藝術家怎麼可能有這樣「前
衛」的藝術風格。拉斐爾卻從中感覺到秩序、和諧、柔美、雅靜，於是大膽使
用於梵蒂岡教皇宮二樓柱廊以及三樓的貝畢那柱廊，貝畢那柱廊完成之時，已
被詮釋為穴怪風格之典範。

景、畫肖像、設計柱廊，甚至為貝畢那設計、繪製非常特別的浴室。貝畢那要求拉斐爾用畫面表現美神維納斯同愛神邱比特各自的浪漫愛情故事來裝飾自己的浴室，拉斐爾不僅照辦，而且不假手於人。比較起那浴室遠離基督教的龐貝風格（Pompeian style）來說，貝畢那柱廊實在不能算是異端了。然而，無論如何，拉斐爾守住了自己的底線，只有一件事沒有讓貝畢那稱心如願，他至死沒有同貝畢那的姪女結縭。他絕對不能成為這麼一個人的親戚，他更不能踐踏瑪格莉特的一片深情。貝畢那的姪女瑪莉在一五二〇年初死於疾病，成了貝畢那主教一系列計畫的犧牲品。

　　教皇利奧十世對於貝畢那主教的浴室不置一詞，只當不知道。他喜歡的是貝畢那的戲劇，從中得到娛樂，僅此而已。但是，教皇與貝畢那之間的太極拳實在是保護了拉斐爾，對於這樣深一層的關係，拉斐爾銘感於心。有了教皇的保護，他才能夠不懼紅衣主教貝畢那的權勢，維護著自己的愛情，繼續著自己的志業。這樣的思緒表現在他為教皇利奧

十世所繪製的肖像裡。

　　對於拉斐爾來說，紅衣主教朱里歐對自己的賞識非同小可，這種無條件的信任使得拉斐爾設計的兩座建築，得以按照他的計畫在他身後完成。

　　一座是位於羅馬近郊的瑪達瑪別墅（Villa Madama），這座美輪美奐的建築是拉斐爾應朱里歐主教的委託在一五一七年完成設計的。西元六世紀的羅馬風格，簡約、優雅，同周遭美麗山景融為一體，呈現出的和諧、愉悅引發後世建築師競相模仿。一五一八年破土動工，拉斐爾生前完成了基本的整體建築。他謝世之後，他的學生羅瑪諾、達烏迪完成了裝飾工程。一五二五年瑪達瑪別墅竣工，其時，紅衣主教朱里歐已經成為教皇克利門特七世。

　　不僅如此，梵諦岡教皇宮康斯坦丁廳的全部壁畫，也是由於有了教皇克利門特七世的資助，拉斐爾畫坊的畫家們才有機會將拉斐爾已經繪製完成的畫稿，移轉到這個廳的穹頂與四壁上，在一五二四年完成了這個廳的裝飾任務。不幸的

《教皇利奧十世同朱里歐、
羅西兩位紅衣主教在一起》
*Pope Leo X with Cardinals Giulio
de Medici and Luige de Rossi*，
1517-1518
我們不能不欽佩拉斐爾的先見之明，畫面上站在教皇身後的紅衣主教朱里歐同教皇一樣來自佛羅倫薩的梅迪奇家族，而且，他在一五二三年成為教皇克利門特七世（**Pope Clement VII**）。另一位紅衣主教羅西是教皇利奧十世倚重的教廷重臣，一五一九年謝世。這幅作品於教皇而言，不但有前瞻性更有緬懷的意義，自然被視為珍寶。

是，沒有了拉斐爾的拉斐爾畫坊幾乎失去了靈魂，這個廳沒

有能夠達到拉斐爾另外三個廳室所具有的輝煌。

另外一座建築便是著名的佛羅倫薩潘多菲尼宮（Palazzo

Pandolfini）。一五一三年，佛羅倫薩貴族潘多菲尼在羅馬請

求拉斐爾為自己的家族設計這座宮殿。為了勘查周遭環境完

成設計，拉斐爾在一五一四年來到佛羅倫薩，不但完成潘多

菲尼宮的設計而且還最終修飾完成了聖靈教堂重要的祭壇畫
《華蓋下的聖母》，讓佛羅倫薩人好生歡喜。但是，拉斐爾
在羅馬有太多工作，不能自己監造這個工程，於是請他的一
位助手喬萬‧桑格羅（Giovan Francesco da Sangallo）幫忙。
一五一六年，在教皇利奧十世關切下破土動工，工程順利進
行到一五三〇年喬萬病逝。工程停頓了一個短時間，又在教
皇克利門特七世的關注下繼續營建，終於在十六世紀三〇年
代順利竣工。這所建築及其庭園完全將拉斐爾在將近二十年
前的設計付諸實施，保存了拉斐爾簡約、優雅、莊嚴、秀美
的設計風格，至今仍然是佛羅倫薩最美麗的宮殿建築之一。

14

　　一五一七年，多麼忙碌的日子啊，幾乎是三頭六臂的拉斐爾接受委託，為西西里首府巴勒摩（Palermo）的斯帕希莫修道院（Santa Maria dello Spasimo）完成了重要的作品「耶穌背負十字架」。古往今來，以這個重要題材繪製的作品數量相當大，因此這幅作品被命名為《西西里之斯帕希莫》。在拉斐爾的一生裡，對於苦難，有一種與生俱來的畏懼，我們從他的《聖母子與金翅雀》以及《聖西斯篤聖母》已經感覺得到。但是，在他最後的歲月裡卻勇敢地面對了這個主題。

　　畫面中心是十字架，一側，耶穌在苦難之路上不堪十字架的重負而跌倒在地，他身後的一個羅馬士兵興奮地舉起長矛準備刺殺他，他面前的一個士兵則在呼喝他快快站起來。一位孔武有力的善人怒視著兇悍的士兵，雙臂正在舉起沉重

的十字架幫助耶穌脫離困境。

另一側，聖母伸開雙臂要救護兒子，耶穌與母親交換著苦痛而無奈的視線。

作品完成，裝箱，自羅馬啟程渡海前往南方的西西里，在海上遇到風暴，船毀人亡。裝載著這幅畫的大木箱卻向北漂流停靠到熱那亞（Genoa）海灘。人們欣喜若狂，認為是神出於尊敬而保佑了這幅作品。教皇利奧十世親自關照將這幅畫再次裝船運往西西里。這一回順風順水，畫箱安抵巴勒摩，開箱檢視，作品完好如初，精采奪目。此時，已有人稱拉斐爾為畫聖。

在發生船難之時，拉斐爾處變不驚，在靜夜裡為被海浪吞噬的船員祈禱。他跟憂心忡忡的管家說，「再等兩天，若是畫真的毀了，我要為西西里人再畫一幅，應當比原先那幅更出色……」畫作失而復得，人們稱之為奇蹟。拉斐爾未曾表示欣喜，只是感謝命運的厚待。至於「畫聖」一說，拉斐爾置若罔聞，根本不予理會。

「畫聖」？塞巴斯蒂阿諾大為不服氣。很快，他的機會來了。

　　紅衣主教朱里歐被法國國王任命為法國南部納巴達（Narbonne）大教堂主教。朱里歐主教便萌生要送給這座大教堂一幅祭壇畫的心意，最適當的人選當然是拉斐爾。拉斐爾忙得不得了，不但有許多的委託，不但有聖彼得大教堂新堂的工程，而且正忙著基吉禮拜堂的改建設計以及古老的羅馬眾神殿（Pantheon）的設計與裝修，但是，紅衣主教朱里歐的委託是不能也不願推辭的，拉斐爾爽快地答應下來。朱里歐主教也委託了塞巴斯蒂阿諾，希望他也來畫一幅祭壇畫，作為備選。

　　得了這樣的機會，塞巴斯蒂阿諾選了耶穌顯示神蹟讓已

《西西里之斯帕希莫》
Lo Spasimo di Sicilia，1517

這幅油畫作品仍然是以聖母子之間的情感為真正的主體。無論世道多麼艱難，無論苦難多麼深重，母子情深是響徹雲霄的主旋律。聖母身邊四位聖女憂急、悲憤地為耶穌禱告，大大增強了畫面緊張的氛圍。這幅作品極具盛名，不僅因其精湛、高超的藝術性，還因為命運賦予這幅作品的神性。

經死亡四天的追隨者拉撒路（Lazarus）復活的故事作為祭壇畫的主題，決心要把拉斐爾「比下去」，拿著草圖直奔佛羅倫薩請教米開朗基羅。米開朗基羅看到這份草圖，提出了修改的意見，甚至還為他畫了耶穌與拉撒路的頭像作為示範。塞巴斯蒂阿諾一一照辦，信心十足，返回羅馬，拿出渾身解數全力投入創作，一心一意要扳倒這位「畫聖」。

消息不脛而走，拉斐爾笑笑，「很好啊，多一幅傑作描述《聖經》故事，是一樁好事啊……」他選擇了〈馬太福音〉裡面一個美好的篇章，耶穌變容，以及不久之後，為一個害病的男孩治癒疾病……。如何將這樣的兩個場景融為一體，拉斐爾陷入了沉思……。

基吉是好朋友，他在聖母瑪利亞波波洛大教堂裡的小禮拜堂，出自拉斐爾的設計。在這個設計裡，拉斐爾將布拉曼蒂聖彼得大教堂新堂設計同羅馬眾神殿的古典設計融合起來，成為義大利文藝復興巔峰期的又一個創新設計。拉斐爾還為這個小禮拜堂設計了宏偉、莊嚴、輝煌的馬賽克穹頂。

穹頂的中心是正在創造世界的天父，祂的周圍是以神話表現的日月星辰。這是拉斐爾的《創世紀》，旨在表達死亡之後，靈魂昇華所進入的天國。因之，這個穹頂帶給人們更多的寧靜、祥和與信賴。

穹頂之外，拉斐爾著手設計基吉禮拜堂所需其他的馬賽克裝飾，同時思索著他自己要完成的祭壇畫。馬賽克的色彩變換常常在他的面前出現幻像，幻像溫柔地引導他漸漸接近最為理想的構圖。

還是在繪製溼壁畫《雅典學院》的時候，修復、改建後的古老的羅馬眾神殿就已經在拉斐爾心中有了雛型，他甚至畫了許多的草圖來一步步清晰自己的思路。十年之後，當這些草圖放到了教皇利奧十世面前的時候，他不但看到了《雅典學院》的場景，也看到了《博爾戈大火》的場景。他決定要委託拉斐爾主理眾神殿的修復工程，拉斐爾笑說，他願盡綿薄之力……。

時序進入西元一五二〇年早春。深夜，拉斐爾的畫室裡

《天父與日月星辰》
God the Father, the Seven Planets and the Fixed Stars,1516
這個完美的穹頂俯瞰著一個未完成的禮拜堂長達一個半世紀之久。一代又一代的觀者仰望穹頂能夠深切感受到一位才華橫溢的藝術家為人類文明奉獻出的巨大激情。

　　燭火通明，正在等待最後修飾的《變容》站立在一個巨大的畫架上。

　　拉斐爾伏案迅速地在畫紙上移動炭筆。管家放輕腳步走進來，端詳著畫作裡耶穌歡喜的面容，閃閃發亮的衣著，高興地笑了。拉斐爾抬起頭來，順著管家的目光看著畫作，心裡有著溫暖的感覺……。管家終於移回了視線，親切地

《羅馬眾神殿內部設計圖》
Interior of the Pantheon，1509

從一五〇九年到一五二〇年生命的終了，拉斐爾從來沒有忘記要修復羅馬古老
建築眾神殿。他苦苦思索怎樣以弧形的建築來解決眾神殿內部的結構問題，因
而畫出許多的設計草圖，力求恢復這棟古老建築的榮耀，這張被保留下來的草
圖只是其中之一。

跟拉斐爾說，「已經很晚了，休息吧，明天又是忙碌的一
天……」拉斐爾笑道，「再過一會兒，我最新的想法就可以
留在草圖上了，是眾神殿，將來，我要住在那兒……」管家
鄭重回答，「那是遙遠的將來，您還這麼年輕……。早點
睡，明天還要早起……」

　　三月下旬，羅馬陰雨不止，拉斐爾同基吉相繼病倒，高燒不退。換了幾個醫生，拉斐爾仍然沒有感覺好轉的跡象，日見瘦削，體力正在消失。瑪格莉特衣不解帶照顧著拉斐爾，常常在回到自己房間以後，關上房門，痛哭失聲。

　　又是一個漆黑的暗夜，拉斐爾被寒冷驚醒，睜開眼睛瞪視著虛空，忽見命運三女神在天花板的一角默默地看著他，不等他發出聲音就靜靜地消失了蹤影。

　　第二天一早，拉斐爾請管家同卡洛奇來到病榻前，商請讓瑪格莉特暫住附近卡洛奇的住處，由卡洛奇的女管家陪伴；並且請他們將《年輕男子的肖像》包好，連同畫架一同送給瑪格莉特。囑咐道，「帶著錢去，瑪格莉特今後的生活，卡洛奇，你一定要負起責任，她不能有衣食之憂……」。然後，他立下遺囑，房子留給管家，畫坊留給羅瑪諾……。

　　管家同卡洛奇含淚點頭一一應允。瑪格莉特淚流滿面地離開拉斐爾的住宅，卡洛奇搬進了拉斐爾的畫坊。拉斐爾畫

坊的畫家們心情沉重地陪伴著虛弱的拉斐爾，憂慮著那些尚未完成的委託……。

　　一五二〇年四月五日深夜，教皇利奧十世步履艱難地離開圖書室步向寢室的途中，忽然聽到異聲，只見面前的牆壁從與天花板接縫處開裂，裂痕蜿蜒而下，十分猙獰。教皇下意識大叫，「拉斐爾！」幾乎跌倒。眾侍臣慌了手腳，趕快安頓教皇回到寢室躺下，教皇連聲吩咐，「趕快，去探視拉斐爾，晚了就來不及了……」

　　拉斐爾在昏睡中，聽到溫柔的語聲，達文西、巴托羅謬、喬托、品杜利基奧、多納泰羅、弗朗西斯卡、馬薩契奧、喬爾喬內，還有許多人，都在微笑地看著自己。忽然，眾人向兩旁分開，從中間飄然走出一位婦人，美麗的面容、優雅的髮型，眼神充滿溫柔的關切，她就好像剛剛從自己的畫中走下來……。

　　三十年鬱積的思念此時此刻化作一聲長嘯，「母親……」拉斐爾拿起床頭搭著的一件腥紅色披風，拔地而

《變容》
The Transfiguration，1520

畫作極富詩意。上半部，滿面喜容的耶穌翱翔於祥雲之中，身邊是摩西（Moses）與以賽亞（Isaiah），下面是三位驚訝至極的使徒。下半部，右側山腳下驚恐的父親正在推著他瘋狂的兒子上前，左側，一位正在讀書的使徒從書中發現真理正在解釋，另外一位使徒用左手指示耶穌降臨的方向，「彌賽亞來了，這孩子有救了。」

起，直奔母親的懷抱。

天色未明，教廷大臣帶著隨從匆匆趕到，拉斐爾已經停止了呼吸。廷臣急問，「大師要葬在哪裡？」管家恭謹回答，「眾神殿」。廷臣離開之前，管家引領著他來到拉斐爾的畫室，指點著光彩奪目的《變容》，「這是朱里歐主教大人的委託，已經完成了。」

四月六日清晨，紅衣主教朱里歐看到了《變容》，立時打消了將其送往法國的原意，拉斐爾最後的一幅繪畫作品《變容》永遠地留在了梵諦岡。紅衣主教朱里歐沒有致送任何畫作給法國納巴達大教堂。

四月七日，羅馬城萬人空巷，為拉斐爾送行的人們走上了街頭，拉斐爾的棺廓在人潮中緩緩前往眾神殿。羅馬教廷委託當時極富盛名的一位詩人為拉斐爾撰寫銘文，這位詩

人以詞藻華麗著名,他卻在心碎之時寫下了平生最樸實的句子:拉斐爾埋骨於此。

這一天,卡洛奇走出畫坊看到自家大門微啟,一襲黑色衣裙正在向外面移動。他急忙擠出人群奔了過去,果真,身著喪服的瑪格莉特正走出門來。卡洛奇驚懼的眼神讓瑪格莉特止步。卡洛奇搖了搖頭,瑪格莉特連退三步。緩慢的,瑪格莉特掀起罩住顏面的黑紗,洗淨鉛華的臉依然嬌豔欲滴。卡洛奇心頭一震,只見她解下頸上項鍊,將那枚婚戒套在自己的手指上,看了卡洛奇一眼,神色冰冷,轉過身去,解下頭紗,披掛在《年輕男子的肖像》上。她的髮際上沒有任何的裝飾。

今天,她只要不走出大門就好,卡洛奇放下心轉身出門,大門在他身後無聲地緊緊關上。

暮色降臨,一輛黑蓬小馬車在這個大門前停留片刻,黑衣客人帶著畫架與一幅包好的畫,消失在車廂裡。馬車迅速離開,直奔羅馬城外。從此,羅馬人沒有再看到麵包師的女

兒，芙爾納瑞娜似乎只是某一幅畫的標題，而瑪格莉特・路蒂這個名字則消散在空氣裡。

在義大利東部，一個依山傍水的小鎮上，新開了一家「麗達烘焙」，來自羅馬的青年寡婦帶著兩個本地的女孩每天清早打開門來，熱麵包的香氛瞬間籠罩住小鎮的街頭巷尾，帶給男女老少愉悅的好心情。

兩百七十年以後，義大利文物市場上出現了兩幅畫，一幅是達文西的《抱銀貂的女郎》，一幅是拉斐爾的《年輕男子肖像》，連同許多文藝復興時期的珍貴文物，悉數被來到此地的波蘭王子查托瑞斯基（Adam Jerzy Czartoryski）以重金買下，成為這個家族最重要的典藏。

拉斐爾的好朋友基吉在重病中，沒有能夠為拉斐爾送行。他自己在五天之後謝世。基吉夫人在悲痛中振作精神繼續修建基吉禮拜堂。不幸的是，這位堅毅的女子在這一年的十一月也病故了。群龍無首，位於羅馬聖瑪利亞波波洛大教堂中的基吉禮拜堂工程在一五二一年完全地停頓下來了。

　　拉斐爾的早歿讓塞巴斯蒂阿諾欣喜若狂，他自忖，終於等到了成為「羅馬第一人」的機會，但是，拉斐爾畫坊還在，羅瑪諾、達烏迪等藝術家仍然活躍於羅馬畫壇、羅馬教廷，塞巴斯蒂阿諾的夢想沒有實現。一五二四年，梵諦岡康斯坦丁廳的溼壁畫完成之後，拉斐爾畫坊的藝術家們風流雲散。塞巴斯蒂阿諾再次鼓起餘勇，在一五三〇年到一五三四年間接受基吉家族委託，繼續營建基吉禮拜堂。在此期間，他曾經再次向米開朗基羅求援，沒有得到回應。這三、四年間，塞巴斯蒂阿諾浪費了基吉家族的財力、物力，丟棄了、毀損了拉斐爾為禮拜堂內部所做的馬賽克設計，一事無成。

　　西元一五七三年，基吉家族從羅馬銷聲匿跡，直到十七世紀中葉，這個家族才在羅馬重振聲威。貝尼尼於一六五二到一六五五年間接受基吉家族委託，不但將拉斐爾的建築設計付諸實施，不但留下了洛迪根據拉斐爾的畫稿製作的雕像《騎鯨的約拿》，而且根據拉斐爾的畫稿親自製作了基吉的大理石頭像浮雕，完成了基吉禮拜堂輝煌莊嚴的裝飾工程，

為拉斐爾與基吉的友情留下了最為美好的紀念。

　　有人曾經問過貝尼尼，「在米開朗基羅與拉斐爾兩位藝術家當中，您更愛哪一位？」

　　貝尼尼溫和地微笑著，眼睛閃亮。沉思良久，他這樣說，「米開朗基羅是偉大的雕塑家，是我的前輩，我當然愛他、尊敬他、效仿他。但是，拉斐爾的風格是多麼高貴、多麼溫柔、多麼優雅、多麼完美，怎能不令人神往啊。」

春　寒

　　二〇一八年三月二十五日，席捲美國東北部的大風雪終於轟轟烈烈地滑進了大西洋，悄然無聲了，只是把寒風留了下來，繼續呼嘯著，將行人的大衣吹透，讓大家瑟縮著在街上快步行走。每個人都累了，為了這個漫長、難耐的冬天。

　　紐約大都會博物館試圖用《美麗庭園——從巴黎到普羅旺斯》趕走嚴寒，迎接春天。這樣的一個特展吸引了大量的觀眾，不到十點鐘，在早上的寒風中，大都會的門口已經有兩條長龍順著建築的兩翼展開，一眼望不到盡頭。

　　走進前廳，走向特展的途中，我在心裡同拉斐爾打個商量，「我先去特展轉一下，很快就會飛奔到文藝復興廳看望您……」心裡忐忑，最近幾個月，簡直是耳鬢廝磨，我太熟悉拉斐爾經過細心掩蓋的微笑，太熟悉那看似澄澈的眼神後

面深不見底的憂鬱⋯⋯。

　　特展大廳是圓形的，分為上下兩層，玻璃屋頂灑下溫柔的乳白色光線，照亮了整個展廳。剛剛踏進上層的大門，五十公尺開外，拉斐爾的祭壇畫就在我的正對面，單獨一幅畫，無比尊貴地懸掛在牆壁正中，「天吶，真的是您！您聽到了⋯⋯」

　　「倒不是我聽到了妳心裡彎彎曲曲的想法，是大都會。為了這個特展，他們把這幅祭壇畫搬到了這裡。此地的光線真好，畫面看起來漂亮多了⋯⋯」毫無掩飾，拉斐爾的笑容真誠而喜悅。我細細端詳著他，黑色貝雷帽下面的臉有著健康的膚色，讓我放心不少。

　　那是當然，文藝復興正是十七世紀、十九世紀歐洲經典繪畫的根。說到文藝復興，拉斐爾的三百幅作品更是後世藝術家靈感的源泉，大都會將祭壇畫放在整個庭園特展的頭頂上，自然有著最充分的理由。

　　拉斐爾毫不費力聽到了我的心語，他正俯首下望，注

視著馬奈的《草地上的午餐》。「你知道的，我在一五一〇年初識瑞蒙迪的時候，就為他的版畫畫了一幅畫稿。」我看著樓下馬奈的畫，應道，「沒錯，您畫稿的內容是帕里斯的選擇，他把金蘋果給了阿普羅迪，因為這位神祇應許他得到世界上最美的女人，於是他得罪了天后赫拉、戰爭與勝利女神雅典娜，特洛伊戰爭不可避免，特洛伊的覆亡不可避免，羅馬帝國的誕生也不可避免。」我沒有說出口的話是，「命運不可逆轉」。拉斐爾終於笑了起來，「沒錯，命運不可逆轉，但是命運所指出的方向卻是無法預測的。誰能想到呢，瑞蒙迪根據我的畫稿所製作的版畫引領著馬奈畫出這樣一幅傑作。金蘋果畢竟是金蘋果……」

就在塞尚《熱德布芳風景》的畫面裡出現了一位端麗的女子，白色衣裙上的面容依然嬌豔欲滴。她走在綠蔭下，走在花叢裡，安然自在。「麗達」沒有被遺忘，她得到了應當屬於她的幸福，我忍不住熱淚盈眶。拉斐爾看看我，轉過視線，溫柔的眼神跟隨著樓下瑪格莉特的腳步。

「那幅畫，您後來見到嗎？瑪格莉特帶走的那幅畫，後來到了波蘭，又被納粹劫走的那幅畫，」我的聲音急切，帶著恐懼，語無倫次。我在心裡祈禱可敬的查托瑞斯基博物館館長所言誠信可靠，那幅美麗的作品，拉斐爾最美的自畫像，端立在某位大收藏家的密室裡，安然無恙。

「沒有，最近這些年我沒有再見到那幅畫，對於瑪格莉特來講已經不再重要，我在她身邊，而且，我可以為她畫任何她喜歡的畫……」此時拉斐爾的表情有些調皮，他揮手道別一步三階下樓去了，瞬間，已經同心上人一道漫步在美麗的庭園裡。

那幅畫對我們來講卻是重要的，非常重要，我仍然需要畫作平安的準確信息。衝進春寒料峭的紐約上東城，迎著刺骨寒風，奔向中城的摩根圖書館。途中，我這樣碎碎地念著。我的腳步飛快，我要確實地知道拉斐爾為聖彼得大教堂所繪的那幅扭轉乾坤的設計圖，確實安穩地停駐在摩根圖書館的保險櫃裡。

拉斐爾 _{年表}

1483年4月6日 拉斐爾出生於義大利東北部名城爾比諾。父親喬萬尼‧桑促是擁有畫坊的畫家與詩人,母親瑪姬婭‧恰爾拉知書達禮。母子情深影響到拉斐爾的一生。

1491年 母親去世。

1492-1494年 在自家畫坊與爾比諾宮廷奮發自學,成績斐然。父親續絃。

1494年 父親去世,拉斐爾成為桑促畫坊主人,舅舅西蒙‧恰爾拉擔任拉斐爾的監護人。

1495-1498年 拉斐爾來到佩魯賈,同自家畫坊畫家埃萬傑利斯塔與佩魯賈畫家佩魯吉諾、品杜利基奧共同完成大量畫作,均被標示為「佩魯吉諾畫坊」之產品。

1498年 完成《聖母為聖子閱讀》。

1499年 獨自接受第一份委託,為卡司泰洛城繪製還願旛旗《聖三位一體》。

252

1500年 與埃萬傑利斯塔共同接受祭壇畫《托倫迪諾的聖尼古拉加冕》之委託，自此被尊稱為繪畫大師。

1501-1503年 輾轉爾比諾、卡斯泰洛、佩魯賈等地之間，完成《耶穌受難》等重要作品，聲譽鵲起。

1503年 來到席也納，幫助品杜利基奧設計皮克洛米尼家族委託的作品，自此，羅馬教廷開始注意這位二十歲的年輕人。

1504年 在卡斯泰洛完成祭壇畫《童貞聖母的婚禮》，在佩魯賈為歐迪家族完成祭壇畫《聖母加冕》，並在年底來到佛羅倫薩。

1505年 為爾比諾公爵完成《聖喬治大戰惡龍》。

1506年 完成《聖母子與金翅雀》。

1507-1508年 為佛羅倫薩完成祭壇畫《華蓋下的聖母》。

1508年 由於布拉曼蒂的引薦，移居羅馬，開始裝飾教皇私邸圖書室（後來易名為「署名廳」）穹頂，並設計四壁的大型溼壁畫。

1509年1月13日 與教廷簽約裝飾教皇圖書室。完成穹頂繪製工程，並繪製署名廳溼壁畫《聖禮的辯論》。

10月4日 教皇朱利阿斯二世任命拉斐爾擔任使徒行傳撰寫書記官，有一份俸祿可以領取。

1510年 瑞蒙迪開始使用拉斐爾的畫稿、草圖創作版畫。

1511年 完成梵諦岡署名廳全部裝飾工程，包括最為著名的《雅典學院》。

瑪格莉特·路蒂進入拉斐爾的生活，且終生不渝。

1512年 完成《教皇朱利阿斯二世肖像》、《葛拉蒂亞》、《聖西斯篤聖母》等作品。

1512-1514年 完成梵諦岡埃利奧多羅廳全部裝飾工程，包括最為著名的《解救聖彼得》。

1514年8月1日 教皇利奧十世任命拉斐爾擔任聖彼得大教堂新堂總設計師。開始建造教皇宮柱廊。完成《聖西西莉亞》、《戴頭紗的女子》、《年輕男子的肖像》等重要作品。完成佛羅倫薩潘多菲尼宮設計。

1514-1517年 完成梵諦岡博爾戈火廳全部裝飾工程，包括最著名的《博爾戈大火》。

1515年8月27日 教皇利奧十世任命拉斐爾擔任「古羅馬遺蹟督察」職務。為西斯汀禮拜堂繪製十幅掛毯畫稿。完成《卡斯底里歐尼肖像》。

1516年 完成羅馬聖瑪利亞波波洛大教堂基吉禮拜堂之整體設計與馬賽克穹頂。

1517年 梵諦岡教皇宮柱廊竣工，開始繪製工程。同時進行的還有

教皇宮三樓貝畢那柱廊。完成重要作品《西西里之斯帕希莫》、《教皇利奧十世同朱里歐、羅西兩位紅衣主教在一起》。設計《變容》。完成羅馬瑪達瑪別墅設計。

1518年 拉斐爾同卡斯底里歐尼共同上書教皇利奧十世，呼籲羅馬教廷倡導保護古蹟。同時呈上的還有一幅羅馬古蹟勘查詳圖。

1518-1519年 完成梵諦岡教皇宮康斯坦丁廳全部溼壁畫所需畫稿。

1519年12月26日 拉斐爾設計的七幅掛毯懸掛於西斯汀禮拜堂。

1520年 完成最後繪畫作品《變容》。4月6日，拉斐爾病逝於羅馬自宅內，這一天是拉斐爾三十七歲生日。第二天安葬於羅馬眾神殿。

1524年 根據拉斐爾的設計以及詳細的畫稿，他的學生與追隨者們完成了梵蒂岡教皇宮康斯坦丁廳的裝飾工程。

1525年 根據拉斐爾的設計，羅馬瑪達瑪別墅順利竣工。

1527年 作家、翻譯家卡爾沃專書《羅馬古城》出版，詳述拉斐爾對羅馬古蹟的研究成果。

1530-1540年 佛羅倫薩潘多菲尼宮完全按照拉斐爾的建築與庭園設計順利竣工。

1833年 羅馬眾神殿，拉斐爾的遺骸入殮於一具古羅馬石棺中。

國家圖書館出版品預行編目資料

拉斐爾 / 韓秀著. -- 初版. -- 臺北市：幼獅, 2018.11
　　面；　公分. -- (故事館；57)

　　ISBN 978-986-449-127-8(平裝)

857.7　　　　　　　　　　　　　107014646

故事館057

拉斐爾

作　　　者＝韓秀
出 版 者＝幼獅文化事業股份有限公司
發 行 人＝李鍾桂
總 經 理＝王華金
總 編 輯＝劉淑華
副總編輯＝林碧琪
主　　　編＝林泊瑜
編　　　輯＝黃淨閔
美術編輯＝李祥銘
總 公 司＝10045臺北市重慶南路1段66-1號3樓
電　　　話＝(02)2311-2832
傳　　　真＝(02)2311-5368
郵政劃撥＝00033368

印　　　刷＝祥新印刷股份有限公司
定　　　價＝250元
港　　　幣＝83元
初　　　版＝2018.11
書　　　號＝987249

幼獅樂讀網
http://www.youth.com.tw
e-mail:customer@youth.com.tw
幼獅購物網
http://shopping.youth.com.tw/